2

最強の傭兵クハラは如何にして学園一の美少女を謳歌に仕立てあげたか

ル=パラベラム

SCHO L=PARABELLUM

水田 陽

［イラスト］
黒井ススム

AKIRA MIZUTA
& SUSUMU KUROI
PRESENTS

学問の塔
［アカデミア］

芸能の庵
［カルチュア］

運動の砦
［ストレングス］

政治の城
［キングダム］

商売の館
［トレーダー］

スクール=パラベラム 2

SCHOOL=PARABELLUM

最強の傭兵クハラは如何にして
学園一の美少女を
怪獣に仕立てあげたか

水田 陽

[イラスト]
黒井ススム

AKIRA MIZUTA
& SUSUMU KUROI
PRESENTS

001 SCHOOL=PARABELLUM

では何よりもまず先に、この俺、久原京四郎の現存について説明しよう。

才気煥発、万夫不当、完全無欠を体現した存在として知られる一八歳の日系アメリカ人。民間軍事会社ホワイト・ファルコン勤務。

そんな彼（というか俺）は、人生唯一にして最大の汚点とも呼べる父・京三郎の策略に嵌まり、太平洋の彼方にある日本の治安がヤバい高等学校、私立五才星学園に潜入したのである。

俺は学園でも最低の劣等生として、社の看板に泥を塗ってやろうと企んだ。

だが人生というものを司る神は、そう易々と俺に安寧の日々を与えはしない。

結局なんだかんだあって、爆弾を解除したり、人を撃ったり、紆余曲折の果てにブタ箱にぶち込まれたりと、安寧にはほど遠い生活を送るはめになっていたのだ。

——しかし、それも今では過去の話。具体的には半月前の話。

今回お届けするのは、晴れてシャバに出てきた久原京四郎の優雅で甘美な日常生活。

ノーモア・銃弾。ノーモア・ブタ箱。

なんのとりとめもない久原京四郎の平凡な日常をご覧いただこうと思う所存である。

文庫本換算およそ三〇〇ページにわたる我が怠惰で平凡な風景を、どうぞお楽しみください。


では始めよう。まずは、早朝のコーヒーブレイク。

コンポから流れるミスター・ビッグの曲に合わせて足でリズムを取りつつ、スターバックスの豆から淹れた熱々のコーヒーをミルクガラス製のマグカップにゆっくりと流し込む。

片手にコーヒー、片手にアイフォンを持ち、キッチンからダイニングへとのんびり歩く。足の短い木製テーブルにマグカップを置き、リネン地の柔らかな二人掛けソファに横たわる。

肘置きを枕がわりに頭を預け、コーヒーを一口飲んでから、今朝のニュースに目を通す。

そんなことをしていると、画面上部からメッセージ通知のポップアップが表示された。

やれやれ、どうやらこのあとは、友人たちとの優雅なブランチになりそうだ。


『緊急招集　久原京四郎殿　先日のストレングス学部寮襲撃事件についての聴取を行います。

至急、アカデミア学部長執務室まで来られたし。――アカデミア学部長代理　鮫島詠美』

「…………」

――展開早いってぇ。

それはね？　俺もね？　いくらなんでもマジで三〇〇ページ日常パートはないかなーって思ってたよ？　でもせめて数ページくらいはもっと思うじゃん？　八行って。

これって俺が悪いのかな。でも違うじゃん、みんなでつくる平和な日常じゃん。

湯気の立つマグカップと優雅なブランチに心の中で別れを告げて、俺は制服を取りにクローゼットへと歩き出すのであった。

＊＊＊

若き天才の養成機関たる私立五才星学園（ごさいせいがくえん）には、各分野に特化した五つの学部がある。

学問の塔――アカデミア。

運動の砦（とりで）――ストレングス。

芸能の庵（いおり）――カルチュア。

政治の城――キングダム。

商売の館――トレーダー。

各学部はそれぞれに独立した自治組織を持ち、各々の意向によって運営される。

そしてそれらの最高統括者として君臨するのが、学部長と呼ばれる五名の生徒。

学園に集まった天才たちの中でも、飛び抜けた才能と実力を持つ正真正銘の天才。

在学中から各分野に革新をもたらすほどの逸材にして、その年における五才星学園の最高傑作、それが彼らだ。

そして、フィールドワークのために海外を飛び回る現アカデミア学部長の代理として、二年生でありながら学部の頂点に君臨した女生徒が存在する。

鮫島詠美（さめじまえいみ）。専攻は工学。総合学力テストにおいて歴代最高得点を記録し、三〇を超える団体をスポンサーとして抱える女傑。

派手な服装と遊びを好み、品がなく直情的。肩書きに反した粗暴な振る舞いと容赦のない采配（さいはい）を見た多くの生徒からは《暴君、されども賢人》と呼ばれ恐れられている。

「……たしか、プロフィールはこんなところだったかな」

学部長室の扉の前で彼女の人となりを思い出してから、ノックを二回して、扉を開ける。

足を一歩踏み入れたところで、砂糖を飽和するまで溶かしたベリージャムのような香りが鼻についた。照明を落とし、窓からの光に頼った暗い室内はリキッドシガーの煙で満ちている。

「——よお、久原ちゃん。調子はどうだ？」

部屋の中央に置かれたローテーブルに足を乗せ、ソファに座る女はこちらを見て笑った。開いた唇の隙間から覗く鋭い犬歯がその凶暴性を剝き出しにしていた。

「朝のコーヒーを飲みそびれたからな、頭が働いてない」

適当に言葉を返して、向かいのソファに腰かけ、真正面から彼女を見つめる。

何度も染めて傷んだピンクの頭髪。極彩色の柄シャツ、色褪せたダメージジーンズ。私服での登校はアカデミアの規則違反だが、地位と実力があれば、この学園ではそれすらも許される。

「酷いぜ、久原ちゃん。もう半年近くも顔を出してくれないなんてなぁ」

「有事の場合を除き、俺たちは相互不干渉を貫く、そういう約束だったはずだ」

実を言うと、俺は五才星学園に入るにあたり、この女と面識があった。

アカデミアに入学するおりに面接が行われ、そこで互いの紹介は済ませている。

と、そこで彼女は手に持ったリキッドシガーの吸引機を投げつけてきた。右目に当たりそうになったそれを手の甲で払う。軌道が逸れた吸引機は、俺の後ろにある花瓶を割った。

割れた花瓶に目を向けることもなく、彼女は口の中に残っていた煙を吐き出して睨んでくる。俺も突然の乱暴な振る舞いを咎めることはしなかった。彼女がそういう人間であることを、俺は知っていた。

「なあ、久原ちゃん。アタシがお前を受け入れたのは、当初お前が入学する予定だったキングダムのクソバカどもが余計な力をつけるのを嫌うアタシのやむにやまれぬ事情と、心底どうでもいいお前の個人的な事情が嚙みあったからだ。それは覚えてるな?」

「ああ、あの時は友好的な話し合いができたよ」

「――なら、これは一体どういうことだ?」

テーブルから足をおろした彼女が、代わりにタブレットを置く。

そこに映っているのは、ストレングスの学生寮の監視カメラ映像。

ホッケーマスクをつけた高身長、筋骨隆々、粗い画質でも才気煥発さの窺える好青年が一般生徒をなぎ倒していく姿が映っていた。

「――おお、よく撮れてるな。このシーン、あとでダビングしてもいい?」

「誰が！　対立相手の本陣で！　パジャマパーティーしろっつったよ！　このクソマヌケ！」

「まあまあ、落ち着け詠美ちゃん」

荒ぶる詠美ちゃんが投げてくるタブレットやらティーカップやらを、俺は片手で弾いていく。

やめなさいよ、ここの備品、どれも結構お高いんでしょう?

「冗談じゃねえ、調査を依頼したトレーダーの担当者から犯人がお前だって聞かされたアタシ

の気持ちを考えてみろってんだ、この大馬鹿野郎」

「いやあ、ごめんって、マジで」

トレーダー経由、しかも顔を隠した侵入者の正体が俺だと言い当てたということは……担当者はもしかして白上か？　あいつなら俺を売りかねない。というか、たぶん売る。

あの女が商機を逃すとは思えないし、一枚嚙んでいるのはおそらく確かだろう。

「それで？　こうして俺を呼び出したってことは、カタがついたのか？」

「お前の態度には全く折り合いがついてねえが、そういうことだ」

そして詠美ちゃんは立ち上がると、先ほど投げたタブレットを拾い直した。

あらためてテーブルに置かれたタブレットは画面が割れている。ほーら言わんこっちゃない。

「襲撃事件についてはアタシの方で筋を通した。次はお前の番だ、久原ちゃん」

画面に表示されているのは、イベントのポスター。

黄色が基調のデザインで《今年もコスフェスがやってきた！》と書かれている。

「……これは？」

「翌年度の新入生の制服デザインを決める、カルチュア主催のイベントだ。お前には、アタシが関わっているデザインチームの警護をしてもらう。それをもって、お前の禊にする」

「禊ならブタ箱入りで済ませたと思うが？」

「あれは路上でドンパチした件についてだ。アタシら上層部にとっては、学生個人のトラブルなんかより、学部間の亀裂の方がよっぽど重大なんだよ」

「それこそ興味ないな。面倒をかけたことについては、そのうち飯でも奢らせてもらうさ」

「残念ながらそうはいかねえ。これは、お前の本来の業務に関わることでもあるんだ」

俺の本来の業務。五才星学園における大きなトラブルの種を、秘密裏に解決すること。

「いいか、よく聞け。コスフェスはカルチュアが主催となり、同学部の生徒が提案したデザインの中から審査により翌年度の制服を決めるということになっているが、内情はそうじゃない」

「……ちょっと待て、その内情を聞いたらなし崩しで引き受ける流れになるだろうが」

「まず、このイベントの裏では全五学部の上層部が動いている。キングダムが運営を行い、アカデミアが技術提供、ストレングスが耐久テストを実施し、流通はトレーダーが担う。五学部の連携により開催されるイベントってことだ」

「ねえ、待ってってば、話を聞いてよ、ねえ」

「次に、審査は審査員の採点と観客の投票によって行われるわけだが」

「わかった、聞く、とりあえず聞くから一回落ち着こう？　こっちも聞くスタンス作るから、そっちもちゃんと話すスタンス作り直そう？」

「問題はここからだ。この先がコスフェスの最大の秘密、これを知った奴は絶対にただでは帰せねえ、さあ耳の穴かっぽじってよく聞きやがれよ久原ちゃん！！！」

「わかった！　迷惑かけて悪かった！　怒りは十二分に伝わったから落ち着け！」

問答無用で説明を続ける詠美ちゃんをどうにか制止して、息を整える。

ちくしょう、めちゃくちゃ強引な手で話を進めやがって。

「えっと……それで？　まず聞きたいんだが、この学園の学部って、それぞれ対立してるんじゃなかったのか？」

観念した俺が頭を掻く姿を見てどうやら機嫌を良くしたらしい詠美ちゃんは、テーブルの上に置いてある、幸運にも投擲の対象になることを免れたアンティークのカップをつまみ、紅茶を一口飲んでからあらためて口を開いた。

「久原ちゃんの言うとおり、たしかに対立関係は存在する。そして、その塩梅をコントロールするのがアタシら学部長連の仕事だ」

「……なるほど、何から何まで陰謀まみれで嫌になるな、この学園は」

「話が早くて助かるぜ。マヌケに延々と説明するほど無駄なことはない」

「要するにあんたらは、学部間の対立を適切な形で維持し、学生の競争心を煽ることで積極的な成長を促そうとしていると、そういうことでいいんだな？」

「百点満点だ。さすがだぜ、久原ちゃん」

コミュニティの団結を図り、成長を促す上で、仮想敵の形成は最も基本的な戦略の一つだ。

侵略の恐怖があり、それに対抗するには一致団結して立ち向かうしかないと思わせることで内部抗争を減らし、忠誠心を育成する。

「それで、あんたらお偉いさんの裏の社交場が、このコスフェスってわけだ」

「そういうこと。たまにはアタシらも協力プレイしないと、ミイラ取りがミイラになりかねないからな」

「そして詠美ちゃんがさっき言いかけたとおり、コスフェスはＶＩＰの面々によって、その結果まで完全にコントロールされている、と」

出来レース。無名の作品にグランプリ受賞という箔をつけるために用意された催し物。

制服という高額かつ安定した利権を、わざわざ野放図にする必要がない。

「ああ、そうだ。翌年度の制服――グランプリ受賞作品は、すでに決まっている」

そう言って、詠美ちゃんはタブレットの画面をなぞった。

「《息吹》――アタシが素材提供を行っている作品で、今年のグランプリだ。来年度の制服はこの《息吹》をベースにして作られる。生産ラインもすでに稼働中だ」

魚の尾びれのようなかたちをした、腰を覆うほどの大きなリボンが目を惹く青色のドレス。

たしかに魅力的なデザインだが、よくできた、という評価を大きく超えるものではない。

しかし、これでいいのだろう。むしろ、これくらいがちょうどいい。

受賞に足る理由など、必要なら後からいくらでもつけることができる。

「《息吹》の優勝は決定事項だ。だが、それを快く思わない奴らもいる。アタシらのことが大嫌いで、アタシらを墓穴に埋めるためならどんな労力も厭わないヒマなバカどもは、このコスフェスであらゆるトラブルを引き起こす。それを事前に防ぐのがお前の禊で、お前の仕事だよ、久原ちゃん」

「……そもそも、なぜアカデミア代表のあんたが関わる作品がグランプリなんだ。表向きにはカルチュアの興行なわけだから、カルチュア主導の作品を受賞させるのが筋だろうに。受賞作にあんたが関わっていることが漏れれば、一般生徒の不信感を煽るだけだろう」

「まあ、そこにも色々と事情があるんだよ……」

詠美ちゃんはソファから立ち上がり、大きく溜息をついた。

窓際まで歩いていき、窓に顔が当たるほどの距離で外を覗いて、一般生徒たちを眺める。

詠美ちゃんの背中には、俺の居場所からは推し量りようもない彼女の無念や憤りが重くのしかかっているように見えた。

「――まったく、どうしてあそこで二萬引いちゃうかなあ」

「麻雀？　え、もしかして麻雀の話？　なに、受賞作品って賭け麻雀で決めるの？」

「いやな、あそこで五萬ツモってこれたら三色ついてまくれたんだよ。やっぱテンパイ即リーはダメだなあ……」

「ダメなのはあんたらの腐った倫理観だよ」

学園上層部のわかりやすい腐敗に呆れながら、詠美ちゃんをまっすぐに見る。

「悪いが禊に付き合う気はないし、仕事もボイコット中なんだ。他を当たってくれ」

いくら襲撃事件が上層部にとって大事件で、コスフェスが重要事項だったとしても、わざわざ主義主張を曲げてまで付き合ってやる理由が俺にはない。

たとえ会社に賠償金を請求するぞと言われたところで「ぜひオススメの弁護士を紹介しよう」としか思えない。……うん、それはマジで協力する。一緒に戦おう。

詠美ちゃんのことは嫌いじゃないが、今回は縁がなかったと諦めてもらおう。

「まあ待てよ、久原ちゃん。話はまだ終わっちゃいないぜ？」

俺が立ち上がろうとしたところで、窓際から戻ってきた詠美ちゃんはタブレットを再び指でなぞった。画面が切り替わり、一人の少女の写真が映し出される。

「受けるかどうかは、警護対象の顔を見てから決めても遅くはねえだろう？」

そこに映っていたのは、俺のよく知る、とてもよく知る少女だった。

――有馬風香。最も完成された美しさを持つ少女。

浮かしていた腰を再びソファに戻し、詠美ちゃんを睨みつける。

「詠美ちゃん、これを見せたら俺が本気で怒るとは思わなかったのか？」

「お前が怒ろうが知ったことかよ、久原ちゃん。こちとらアカデミアの可愛いバカ共三〇〇人の将来背負って学部の頭ァ張ってんた。お断りします、ハイそうですか、じゃあメンツが立たねえんだよ」

挑発するように、詠美ちゃんはタブレットを指で二回、音を立てながら叩いた。

それに合わせて、モニター上の風香の顔がアップになる。

「この度、我らがチーム《息吹》のモデルを担当することになった、カルチュア一年生の有馬風香ちゃんだ。これ以上の紹介はいらねえな？」

「……相互不干渉の約束はどうした」

「ありゃあ有事を除きって注意書きを添えたはずだ。今回はまさしく有事だからな。……で、どうする？　アタシのカードはひとまずこれで全部だ。そっちの番だぜ、久原ちゃん」

「…………」

俯き、額に当てた左手で詠美ちゃんから自分の目線を隠し、俺は考える。

話を聞く限り、コスフェスに反上層部の妨害が入る可能性は少なからずある。

規模で言えば、先日の霧島の一件を遥かに上回る、度を越えた事態にもなりかねない。

なにせ、今回のイベントにかかっているのはこの学園の政治構造そのものなのだ。

そして風香がその矢面に立たされるのだとしたら、俺の取るべき選択は一つしかない。

「風香をコスフェスから降ろす。あんたとのケンカは、そのあとだ」

まずは風香の安全確保。俺たちの確執の清算はそれからゆっくりやればいい。

ポケットからスマートフォンを取り出して、電話をかける。

スピーカーからコール音が鳴るも、応答はない。

そのあいだ、詠美ちゃんはじっと黙ってこちらを見ていた。

「……風香はどこだ？　答え次第では、あんたとのケンカを前倒しすることになるぞ」

「それなんだが、な……」

詠美ちゃんは画面のタブレットを手に取り、何やら操作をしてから俺の顔を見た。

指で首の後ろを掻き、爪先で床を叩き、落ち着きのない様子で、タブレットと俺の顔を何度も交互に覗き見る。

「――すまん、有馬ちゃん、攫われた」

「……は？」

「今朝、攫われた。ごめん、こればっかりはマジでごめん」

おもむろに差し出されるタブレット。そこには武装した男たちに囲まれながら車に乗る風香の姿が映っていた。

「……何やってんだよぉ！　危ないってわかってんなら俺以外にも警備くらいつけとけよ！」

「つけてた！　五人くらいで監視させてたんだって！　ほら、これ、ここに倒れてる奴！」

そう言って、詠美ちゃんは画面の端っこで倒れるひじきのような棒っきれを指さした。

「肝心な時に役に立たねえ棒っきれを警備と呼ぶな！　使える奴をつけろバカ！」

「知るか！　ストレングスの上層部に用意させた人員だ、文句なら棒っきれを寄越した連中に言いやがれバカ！」

お前が悪い、あいつが悪いと、なんの役にも立たない責任転嫁をしばらく続けた俺たちは、深い溜息(ためいき)をつきながら互いの体をソファに沈めた。


それにしても、初手でヒロイン誘拐か……。

さすが風香、空気を読まないというか展開を考えないというか。

その点、紗衣(さえ)ちゃんはよかったなあ。しっかり段取りを踏んでから誘拐されたものね。

ああいうところ、風香にも見習ってほしいなあ。

「第一、お前も有馬ちゃんが大事なら身の回りの安全くらい確保しとけってんだ」

「普段から身の回りの安全を確保してくる奴とか嫌すぎるだろうが。それで、犯行グループの潜伏先はわかってるのか？」

「連中の車両情報から居場所は割り出した。周囲もすでにウチの人間で監視させてるよ」

詠美ちゃんがタブレットの画面を叩くと、続けて俺のスマートフォンにメッセージ通知が届く。メッセージを開くとそこには市内のホテルの住所が記されていた。

立ち上がり、軽く肩をほぐしてから扉へと歩き出す。

「行くのか?」

「ああ、話し合いの続きはそのあとだ」

「気をつけろよ、いくら警護が棒っきれでも、そこらの不良にのされるようなタマじゃない」

「問題ない。人質救助においても、俺はアメリカ全土で一等賞だ。一三日の金曜日がいったい何の日だったか、連中に思い出させてやる」

「思い出したところで今日は九月六日の水曜日だから全く関係ないけどな」

犯行グループには大変申し訳ないが、今回ばかりは久原京四郎、最初から本気モードである。

それはすなわち、失敗の可能性はゼロということ。

俺の大切な友人に手を出した報いは、相応の恐怖によって贖ってもらうとしよう。

＊＊＊

予定通りに有馬風香の身柄を確保し、アカデミア上層部へと声明を送ったエンリケは、ホテルのアメニティの紅茶を一口飲んでからソファに腰を落ち着けた。

エンリケの所属するＳＥＣＬは、表向きには工業製品の開発を行う会社ということになっているものの、その実態は米国寄りの軍事開発企業の動向を監視するために作られた諜報用フロント企業だった。

　思想に賛同して組織の一員となり六年、世の中に変革をもたらす大義ある戦いのためとはいえ、一六歳の少女を拘束するということには、やはり一握の砂ほどの拒否感は否めなかった。

　責任と実態、自身の葛藤の種になるものを薄い紅茶を飲み干すことでエンリケは洗い落とす。

　そうしているうちに、部下から無線のコールが入ってきた。

「エンリケだ。どうした」

『……一階裏口で待機中のピンキーです』

　ピンキーと名乗った男は、焦りと恐怖を重たい蓋で必死に押さえ込むような、強張った声で答えた。その声色から、エンリケは彼の身に想定外の事態が起きたことを察した。

「ピンキー、何があった？」

『……ゲストが来ています』

「ゲスト？　ゲストとは誰だ、詳細な説明をしろ」

『恐ろしく危険な男です。私は彼に銃を奪われた。……彼は、今からそちらへ行くと』

　ピンキーが「と」の発音をした声と、サイレンサーで消音された小さな銃声が重なり、それきり無線は口を閉じた。

　――襲撃者が来た。エンリケは急いでソファの手すりに放っていたタクティカルベストを身につけ、ハンドガンのマガジンに十分な量の銃弾が込められていることを確認した。

「……ピンキー？　ピンキー、応答しろ！　……くそ！　総員、警戒態勢に入れ！」

銃のスライドを引きながら、部屋の隅でトランプをしていた男たちに呼びかける。四人の男たちはカードをテーブルに投げ捨てると、椅子に立てかけていた短機関銃を手に取って立ち上がり、各々の持ち場についた。

エンリケは廊下に出て、隣の一五〇八室へノックもせずに入ると、モニターを置いたテーブルの前で居眠りをしている小太りの男の肩を乱暴に揺すった。

「……んあ？　隊長、どうしたんです？　ははあ、さてはSNSでスケベな姉ちゃんでも見つけたんでしょう？」

「馬鹿言ってる場合じゃない！　いいか、バター、今すぐ監視カメラを見せろ！」

「は、はい！」

飛び起きたバターが、ホテル内に設置したカメラの映像を慌ててモニターに映す。

エレベーター扉に向けて、三人の部下が銃を構えている。扉上部では通過階を示す数字が一つずつゆっくりと増えていく。一二、一三、一四、いよいよ数字が一五になったところで、エンリケとバターは揃って息を呑んだ。扉の前に控える男たちも同じようだった。

間の抜けた到着通知音が響き、臙脂色の扉が開く。三人の男が銃を握る手に力が籠る。

——暖色のLEDライトが照らす室内に、足を撃たれて血を流すピンキーが倒れていた。

両手を背中の後ろで縛られて、意識を失っている。他に人影はない。

男たちは警戒を崩さない足取りのまま、エレベーターの室内に入った。三人の視線は一か所に集まっていた。倒れたピンキーのジャケットの胸部分に貼られた貼り紙。《開けゴマ（Open sesame）》。三人はそれぞれ顔を見合わせて、金髪をオールバックにした男が恐る恐る貼り紙を剝（は）がし、内側で何かに引っかかっているジャケットの合わせを外した。

そして男たちは、ピンキーのシャツに留められた大量の手榴弾（しゅりゅうだん）を見つけた。

光と音、催涙ガスが猛烈な勢いで立ち込めて、狭いエレベーターを埋め尽くす。事態を察し、蹲（うずくま）った男たちの背後でエレベーター扉が閉まる。監視カメラの映像から男たちの姿が消える。三人を閉じ込めたエレベーターは、そのままゆっくりと下がっていった。

「……バター、お前は勇敢な死に様と明日のモーニングコーヒー、どっちが大事だ？」

「隊長……俺ぁまだ彼女に結婚しようって言ってねえです……」

「なるほど、重要任務だ。至急ここから退避する！　お前は東の非常階段を確保しろ！」

「わ、わかりました！」

走っていくバターを横目に、エンリケはカメラを切り替えて別のポイントをチェックする。

西の階段の踊り場に二人の男が倒れている。意識を失い、両手を手すりに縛り付けられている。

エンリケたちは正規の軍人でこそないが、同等の訓練を受けた諜報部隊だ。

それを弄ぶように壊滅へ追い込む襲撃者。相手もまた正規の軍人ではない。襲撃者は手間をかけてまで、殺さないように工夫している。素人ではない。手馴れていて、余裕がある。

「ならば、一体何者だ……？」

映像をそのままにして、廊下へ出る。非常扉の前に意識を失ったバターが倒れていた。銃を構えながら一五〇七室に入り、あたりを警戒する。人の気配はない。

確保したターゲットは隣のベッドルームにいる。彼女を回収し、速やかに退避する。

唐突に部屋の隅からスマートフォンのアラームが鳴って、エンリケは思わずそちらへ発砲した。誰もいない。遊ばれている。シャツの下では、毛穴という毛穴から汗が湧き出ている。

浅くなった呼吸を落ち着けようにも、上がり続ける脈拍がそれを許さない。

エンリケは震える手でポケットからどうにかスマートフォンを取り出して、自分たちをこの街に送り込んだ男へと電話をかけた。

『エンリケか、どうした？』

電話に出たのは、お望みの相手ではなく、彼の側近だった。

「緊急事態だ。ミスターに変わってくれ、今すぐにだ！」

『……わかった、少し待っていろ』

電話先のマイクがミュートになり、待っている間、エンリケはゆっくりとベッドルームの扉へ歩みを進めた。一歩ずつ、足音を殺すようにして進む道のりは、わずか五メートルほどの距離にある扉が地平線の彼方（かなた）にあるように感じられた。

『――私だ、何かあったのか』

スピーカーから、初老の男の声が聞こえる。

それに対して、エンリケは歩みと同じくゆっくりとした声で答えた。

「――またかけ直します。お体、ご自愛ください」

そうして、エンリケは電話を切り、耳から放したスマートフォンと、ハンドガンを持った手、それぞれを頭の高さに上げた。

その首筋には、小さなナイフが突きつけられていた。

ナイフを握る指先と、背中に当たる体から、襲撃者の生々しい体温が感じられて、エンリケはこれこそが死の温度であるのだと悟った。

「お、お前は一体誰だ……」

「江戸川コナン、探偵だ」

――絶対に嘘（うそ）だ！

エンリケは心の中で叫んだが、さすがにこの状況でツッコむことはできなかった。

「……人質はベッドルームだ。誓って、誓って乱暴な真似（まね）はしていない」

「もし彼女の服が乱れていたら、お前たち全員の目を潰（つぶ）す。もし彼女の身体（からだ）に一つでも傷があったら、お前たち全員の手を切り落とす」

低く静かな男の声には、言ったからには必ずやるという意志が込められていた。

「……抵抗の意思はない、必要ならば投降しよう。だが、その前にどうか話し合いの場を用意してほしい」

「この期に及んで話し合いだと？　甘すぎる考えだな。かのジョン・レノンはこう言った。――仇なす者は、誰であろうと皆殺しだ、とな」

――ジョン・レノンがそんな事言うわけあるか！

やはりツッコむことはできなかったが、根が真面目なエンリケは結構なパニックに陥った。恐怖と混乱で思考がまとまらないエンリケの首筋にナイフが数ミリ食い込む。

「指揮系統を見るに隊の責任者はお前だな。責任者には、相応の責任を取ってもらう」

左腕を取られ、尻を蹴られたエンリケは体勢を崩しながら床に膝から倒れた。絨毯の布地が頬に刺さり、背中を足で踏まれる。

「まずは両腕と両足を撃って動きを封じる。それから、なんでも話したくなる楽しいゲームに付き合ってもらおう。聞きたいことを全部聞いたら、そのころにはちょうどゴミの日だ」

「待て！　待ってくれ！　話し合いになら応じる！」

頭の上で、銃の安全装置が外れる音がする。

背中を踏む足に力が込められる。

そして――。

「きょうちゃん、たんま。もうオッケーだから、ストップ」

「そうだよ、久原くん。暴力はいけないって、前にも言ったでしょ?」

ベッドルームの扉が開き、そこから聞こえてきた声によって、エンリケは救われた。

世にも珍しい光景、人質の手によって犯行グループが解放されるという図は、こうして完成をみたのであった。

＊＊＊

「――それで、風香はともかくとして、どうしてお前がここにいるんだ?」

「えっとね、それにはとても、とても一言では語れないだけの深い事情があるんだよ。聞いたら久原くんも絶対に納得してくれると思うな!」

「そうかそうか、それはお前も大変だったたな」

「うん、ありがとう! だから、ね、久原くん、この縄をといてもらえないかな?」

床に転がるエンリケとともに、両手両足を縛られた姿で床に転がったまま雪代は言った。

雪代宮古、ストレングス所属の一年生。種目はフィギュアスケート。

知恵者で恐れ知らずの油断ならない女。あと胸が大きくて顔が可愛くていい匂いがする女。

成り行きと前歴を考慮してひとまず縛り上げてみたものの……同級生の女子が抵抗できない状態で床にいるというのに、風香が隣にいるからか不思議とエロい気分にならない。

「風香、二人を見ていてくれ、ちょっとサインペン探してくる」

「え、うん、おっけー」

「待って!? 今はふざけてる場合じゃないでしょう!? マジメな場面で遊んじゃう久原くんの悪い癖、今こそ見つめ直すときだと思うなあ!」

「そうだな、マジメに考えよう。……やはり王道で肉、か? いや、センスというものはこういう場面でこそ試されるからな……」

「一人でマジメに考え込まないで! お話ししようよ! 寝返る、私、ちゃんと寝返ります! 私は今から久原くんの味方です!」

思春期の女子として、さすがに顔への落書きは本当にイヤなようで、雪代はバタバタと身を捩りながら降伏の意を示した。

ちくしょう、雪代の顔がある方に座っているから制服なのにパンツが見えない。

ゆったりとソファに座り、カップの紅茶にのんびり口をつけつつ、小さく溜息（ためいき）をつく。

少なくとも、考えなしに反体制派につくような女ではない。むしろ体制側で立ち回ることを目論（もくろ）むタイプの人種だ。その彼女が、狙（ねら）いすましたようにこの場にいる。その真意とは、いかなるものであろうか。考えを表情には出さないように意識しながら、俺は雪代（ゆきしろ）を解放した。

「ふう、助かったぁ……ありがとう、久原（くはら）くんならわかってくれるって、信じてたよ！」

「勘違いするなよ、まだ仮釈放だからな」

「そんなこと言っても、久原くんは優しい人だって、私はちゃんと知ってるよ？」

「おべっかは結構だ。さっそく本題に」

「このあと予定あるから、話はまた今度ね！」

「逃がすか、こっちへ来い」

手を掴（つか）んで、部屋の隅へ雪代を連れていく。

雪代は観念した……というよりも、めんどくさい奴（やつ）に捕まったという感情を隠しきれていない様子でついてきた。こんなところにいるお前が悪いんだろうが。

「目的はなんだ。正直に言え」

詰め寄ると、雪代はいまだ床に倒れているエンリケをちらりと見て、俯（うつむ）き、それから顔を上げて俺と視線を合わせた。ヤバい、顔が近い。いい匂（にお）いがする。好きになっちゃう……。

「……上層部の指示で、コスフェスを妨害しそうな外部団体の調査に参加することになったの。私の調査対象が風香ちゃんを狙ったのは、本当にただの偶然だよ。私だって驚いたもん」

学部内での地位向上を図るため、かつては単身で違法組織に接触していた過去もあった雪白だが、今回は正式に上からの指示を受けて動いているらしい。なにげに着々と出世している。

「なるほどな、調査の成果は？」

「それは……今この場で言えることはない、かな」

唇に指先を当てて、雪代は風香に視線を送った。

思案しながら話す雪代の様子に嘘の気配は感じとれない。

「お前を信じるぞ、雪代」

「……だったら、私を縛ったことを謝ってほしいんだけど？」

「あれくらいしないと、お前は正直に話さないだろうが。戻るぞ」

ソファへ戻り、頬杖をついて、エンリケを見下ろす。

「さあ、次はお前の番だ。雪代のようにサインペンだけで許してもらえるとは思うなよ」

「待って、違うよね、それだと私が落書きの屈辱を許したみたいになるでしょ？」

「え、なんか書いていいの、みやちゃんに」

「わかった、口を挟んだ私が悪かったから、風香ちゃんは話を横道にそらさないで、久原くんは話を続けて、そして二人とも落書きのことは忘れよう」

両手を合わせて仕切り直しを促す雪代。

しばらくはこのネタで遊べそうである。

「…………」

俺たちのやり取りを聞きながら、エンリケは何も言わずに俺を睨んでいる。

「……ぐふっ！」

ムカついたので、とりあえず蹴ってみました。

思いを伝えるために、言葉はいらないのである。

「君は、鮫島詠美の部下なのガフッ……！」

「誰が部下だ。ベストフレンドと言え」

「なるぐっ、ほ、どぁ！　待て！　話を、だぅ、させ、ろ！」

「きょうちゃん、いったんやめてあげよ？　はなし、できないし」

「うん？　まあ、確かにそうだな」

見下ろすと、エンリケは口から涎を垂らして呻き声を上げていた。

「……あのね久原くん、私たちも目の前での暴力は、ちょっと引いちゃうから」

「そうだぞー、暴力反対」

風香はともかくとして、雪代はなにをいけしゃあしゃあと、と思ったのだが、よくよく見ると笑顔がわずかに引きつっていた。乙女心というのは意外と複雑なようだ。

「ごふっ……た、助かった……。君が鮫島の部下でないというのなら、私の話を聞いて欲しい。彼女は君たちに隠していることがある」

「話の前にまず所属を言え。どこの誰なんだ、お前は」

「……エンリケ・マッケロイ、市内のＳＥＣＬという工業メーカーに所属している」

「なるほど。して雪代さんや、ＳＥＣＬの実態は？」

「市内に山ほどある諜報用フロント企業の一つで、細かい部分は目下調査中って感じ」

「ふむ、それでエンリケ、詠美ちゃんが俺たちに隠していることとはなんだ？」

「……詳細は言えなぎふぅ！」

「この期に及んで舐めてんのか。さっさと言え」

「君が味方でない以上、私の口からはけして言えない！　だが、その秘密によって鮫島は利益を独占しようと企み、有馬風香を危険に晒したんだ！」

「……なるほど」

「これは真実だ。頼む、信じて欲しい」

訴えかけるエンリケの口調に嘘の気配は見られない。

詠美ちゃんの性格を鑑みれば、俺に全ての事情を明かしていないということもあるだろう。

「それはそれとして、風香を危険に晒した張本人が偉そうに言ってんじゃねえよ」

「ごはっ……！　それについては、すまなかった。だが、我々も罪なき少女に危害を加えたくはなかった！　そうしなければならないほど、鮫島は大きな秘密を抱えているのだ！」

声を大にして主張するエンリケをよそに、俺は雪代に視線を向ける。

「……私も詳細は知らないよ。でもコスフェスでアカデミア、というか鮫島先輩が何かを企んでいるっていうのは、うちの上層部でも噂になっているのを聞いたことがあるかな」

真相はわからないものの、真偽の程は明らかというわけか。

「私は私の事情で鮫島と敵対している。だが鮫島、ひいては五才星学園の上層部を打倒することは、君たち学生を格差と支配から解放することに繋がるんだ！」

たしかに五才星学園には大きな格差が存在し、それによって辛酸を嘗めている一般生徒も大勢いることだろう。

――しかし、だ。

「興味ないな。そもそも俺がここへ来たのは風香を取り戻すためだ。学園の政治や小競り合いに首をつっこむつもりはない」

「私も、よくわかんないし、そういうの」

「待ってくれ！　話をちゃんと聞いてくれれば、これが君たちにとってどれほど重要なことか、きっとわかってもらえるはずなんだ！」

「知らん。というか、学生の格差とか支配とか、諜報員のお前には関係ないじゃねえか」

必死に訴えてくるエンリケだが、議論の余地はない。

風香をコスフェスから遠ざけるための交渉材料が見つかればと思ったのだが、口を割らないのならば、これ以上の話はなんの意味もない。

「——そういう言い草は、ちょっとどうかと思うなあ」

席を立とうとする俺の思考に割り込んできたのは、他でもない雪代の言葉だった。

相変わらずのよくできた笑顔を貼りつかせて、こちらを見ている。

「なんだ、ここにきてこいつの味方をしても、お前に得はないはずだが？」

「私はもちろん久原くんの味方だよ、当然でしょ？　その上で、これはただの私情だよ」

いかにも雪代宮古らしくない発言だと思った。

雪代宮古は、雪代宮古という人間を常に演じている。

目的達成のためならば、意思も立場も捻じ曲げて邁進する女、それが俺の知る雪代だ。

「君たちが無関心を決め込むことができるのって、結局のところ二人がこの学園でも恵まれた立場にあるからでしょう？　その気になれば、いつでも成り上がれる環境と力が備わっているから。それがどうしても欲しくて藻掻いてる人たちにも、二人は同じように、そんなものはどうでもいいって言えるのかな？」

やはり、らしくない。

——だからこそ、これが雪代宮古の本当の言葉なのかもしれないと、そう思った。

彼女の言葉に含まれた、俺には推し量りようもない事情に対して、俺が言えることは何もない。それにこれは、きっと言葉を返す必要もないことだ。そう考えて、俺は黙った。

「――だから、言ってるじゃん。どうでもいいって」


しかし、俺の隣に座るもう一人の少女は、同じ考えには至らなかった。

「言うよ、誰に聞かれても、興味ないし、よくわかんないし、どうでもいいって」

その言葉を聞いた俺と雪代は、思わず二人して視線を合わせていた。

正直に言って、ひどく動揺していた。

有馬風香。ただそこにいるだけで最も美しい、完成された少女。

穏やかで、朗らかで、心に波を立たせることなく、常に清らかなままでいる少女。

その風香が、声を強くして、反論した。

彼女を知らない人間からすれば些細な出来事であろうが、有馬風香という人間を知っている俺たちからすれば、それは一つの大事件だった。

その衝撃は、俺たちから返す言葉を奪っていた。

「……あー、ごめん。ねえ、きょうちゃん、もう行こ」

「あ、ああ、そうだな」

立ち上がる風香を追いかけるように、俺もまた席を立つ。雪代に視線を送る。《細かい話はまた後日》という言外のメッセージを雪代は確かに受け取ったようで、小さく頷いた。

「覚えておいてくれ、鮫島詠美を信じるな！」

扉を開ける俺たちの背中に、エンリケが最後の声をかける。

風香はそれに、振り返ることすらしなかった。

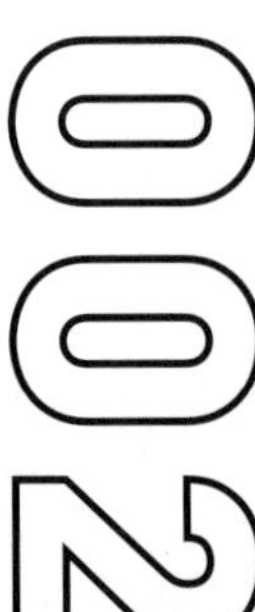

SCHOOL=PARABELLUM

「有馬さんには、私たちが作った《息吹》のモデルを担当していただきたいんです。有馬さんが着ている服は、まるで呼吸をしているように見えて、貴女しかいないと思いました」

——言葉。

誰かが息を吸って、吐いて、声にしてる、言葉。

たくさんの空気が、声で満たされて、私に届く。

「私も風香の顔で生まれたかったよー。そしたら絶対、人生超楽しいじゃん！」

ちりちり、ひりひり、私に届く。

痛いとか、苦しいとかじゃなくて、えっと、なんていうんだっけ、こういうの。

なんか、あんまよくない感じ。

「風香も一緒に受けようよ、五才星学園！　風香ならいけるって！」

声の中にも、あるのかな、酸素。
ないかも。それか、酸素で息してないのかも、私。
思いっきり息を吸って、吹いたら、飛んでいくかな、声、全部。
でも、できるかわかんないや。
もうずっと、してない気がするから、息。

「――風香はいいよね。私も、風香みたいになりたかった」

おーい、制服。息、してるか？

＊＊＊

「やっべー。買い忘れたわ、ボールペン」

ホテルから出た風香は、まるで攫われた事実などなかったかのように普段通りの様子だった。《息吹》チームのスタジオへ歩いている今も、俺の隣で楽しそうに笑っている。

「スタジオはもうすぐそこだが、コンビニか購買にでも寄っていくか？」

「ううん、大丈夫。なんとかなるっしょ、きっと」

口調も、歩幅も、風に揺れた前髪を整える指先も、何もかもがいつもどおり。

しかしそこには、先ほど起こした波の真意をどうにか俺に悟らせまいとする意思が薄く存在しているようにも思えて、だからこそ、俺は風香に何も聞くことができなかった。

これが他の誰かだったのなら、俺は無遠慮に聞いていたのかもしれない。

だが、風香の望むようにしてやりたいという傲慢な感情がそれをさせなかった。

「今日は何をする予定なんだ？」

「えっと、ちょうどサンプルができたから、試着するんだって」

「なるほど、モデルの仕事もいよいよ本格スタートってわけだ」

「イベント、きょうちゃんも見にくる？」

「お前の警護を任されてるから、見に行くというか、普通に現場で働いてるな」

「そっか……じゃあ、取れたらあげるね、金メダル」

「それは、お前が大事に飾っておけよ」

どうやら風香はコスフェスの内情、出来レースについて何も知らないらしい。

詠美ちゃんにとって風香はあくまで俺を呼び出すための口実にすぎず、あえて余計な情報を握らせる必要もないと判断したのだろう。

本人はいつものお仕事の一つとして、しっかり前向きに望むつもりのようだ。

――うーん、これは色々と切り出しづらい。

たとえば単刀直入に「コスフェスって実は出来レースで、風香は優勝するんだってさ」と言ってみたらどうだろう。……風香が信じるかどうかはともかく、水の差し方としては最悪だ。

いやいや、可愛い風香ちゃんの身に危険が迫っている時に印象もなにもあるもんかと、人は俺を責めるかもしれない。だが、ここには非常に深刻かつ真摯な理由があるのだ。

ぶっちゃけ、俺は風香に嫌われたくないのである。

……いや、これは相当に深刻な問題よ？

俺は顔が綺麗でスタイルのいい女子とは、なるべく良好な関係でいたいのだ。

……のだ、と力いっぱい言ったところで、俺の印象は悪くなる一方だな、これ。

しょうがないじゃん、俺も思春期まっさかりの一八歳だもの。

「ねえ、きょうちゃん」

「ん？　なんだ？」

言い出せない考えごとのあれこれが風香に悟られることのないように、いつもどおりを装って、俺は答える。

「——なんか、隠してる？」

「はあ？　全く隠してないけど？　隠すことがなさすぎて逆に罪悪感を覚えてるくらいだが？

あーあ、めちゃくちゃ隠したい気分なのに、なにも隠せなくて残念で仕方ないなあ！」

やだ、今日の風香ちゃん、するどい。

そして動揺した久原京四郎は嘘と隠し事が下手すぎる。

「言えない感じのやつ？　それ、私には」

「……すまん、今はまだ、としか」

打ち明けるにしても、やはりタイミングというものはある。

それまでは、俺がそばで守ってやればいい、それだけの話だ。

「いいよ、きょうちゃんだから、許してあげる」

風香は少し早足になって、俺の二歩先へ進んだ。

「でも、あんま好きじゃないかも、そういうの」

そう言った風香の声は、ホテルの時と同じ、小さな棘を忍ばせていた。

＊＊＊

風香が所属する《息吹》チームのスタジオは、カルチュアとアカデミアのエリアのちょうど境界に位置する建物の中にあった。

テキスタイル——要するに繊維や織物を扱う創作を専門とする彼らは、素材の開発や加工をするアカデミアの学生と作業を行う機会が多い。

そのため、地図上でも緊密な関係を築いているということらしい。


スタジオにつくなり、風香はチームの面々に囲まれた。

《息吹》チームは詠美ちゃんがスタッフを集めた実質アカデミアチームということなので、外様の風香が寂しい思いをしていないか心配していたのだが、どうやら俺の杞憂だったらしい。

むしろ、部屋の隅っこで所在なく座っている俺の方がずっと問題だった。

スタジオについた時は感謝の言葉もそれなりにいただいて、お疲れ様でしたとペットボトルの緑茶と昼食用の生姜焼き弁当なども振る舞われたのだが、もてなしはその程度でした。

風香と話しているチームの皆さんが時折こちらを見て「それはそれとして、彼はいつまでそこに居座っているんでしょうね」という視線を向けてくるのを感じると、チヤホヤとは言わないまでも、もう少しホーム感を演出してくれてもよいのではと思わなくもない。

友だちの友だちは友だちではない、という悲しい事実をはっきりと実感しております。

ぶっちゃけ帰りたいけど立場上帰れない辛い境遇が骨身に染みてきたところで、スタジオに来客がやってきた。うちの二人は俺もよく知る人物、カルチュア一年生の霧島紗衣とトレーダー三年生の白上寧々子。あとのもう一人は……また知らない人だ……。

友だちがまた俺の知らない友だちを連れてきた……。

霧島と白上は俺とその境遇に気づいたようで、それぞれのリアクションを見せてきた。

部屋の隅で縮こまりながら弁当をつまむ俺に対し、霧島は憐れみの視線を向け、白上は必死に笑いを堪えている。二人の人間性がよくわかるステキな反応である。

俺に救いの手を差し伸べたのは意外にも白上の方で、霧島ともう一人の連れに何やら言葉をかけてから、肩をにわかに震わせつつこちらへやってきた。

「ご無沙汰して……っ、おります。風香さんの、ふふっ、件については心配しておりましたが、くっ……っ……どうやら、また、久原さんがご活躍……されたようで……っ」

「おう、とりあえず褒めるか笑うか一つに絞れよ」

「あはははは！」

「なるほど、信頼関係よりもこの瞬間の楽しさを取ったんだな」

白上女史、今まで見たことないほどの大爆笑だった。

俺が寂しそうに飯を食ってる様子が相当面白かったらしい。

「はあ、はあ……。いや、すみません。バカにするつもりはないのですよ」

「その言葉を信じてほしいなら肩で息するほど笑うな」

「ふう、お茶を一口いただきますね」

「最後まで取り繕う姿勢を見せろ。喉が嗄れるほど笑うな」

俺の言葉などお構いなしに、白上は長テーブルに寄りかかり、俺の飲みかけのペットボトルに口をつけた。間接キスについて言及しようかとも思ったが、なんか俺が白上を女子として意識してるっぽくなるのでしませんでした。

「それで？　お前は孤独な俺をあざ笑うためにわざわざ霧島についてきたのか？」

「そう邪険にしないでください。私はここに来るまで、久原さんがいることさえ知らなかったのですから」

「なんだ、そうなのか」

「ええ、風香さんが事件に巻き込まれ、どうにか無事に戻ってきたという話を《息吹》チームの皆さんから聞いて、我々三人は押っ取り刀で駆けつけたのですよ」

どこまで本当なのかを訝しみながら、俺は霧島と見覚えのない一般生徒に視線を送る。

「彼女は梶野幸音さんです。カルチュア所属の三年生。コスフェスでは《ダイアリー》という作品のデザインを担当しており、風香さんをモデルにスカウトしたものの《息吹》チームに取られてしまった。それでも風香さんにご執心、説明はこんなところでよろしいですか？」

「うむ、くるしゅうない」

俺の視線を察して解説を挟む白上に尊大な返答をしつつ、改めて梶野を見る。

頭の後ろで一本に束ねた長髪には若干の傷みが見られ、鼻から頬にかけて薄くそばかすのかかった顔はやや血色が悪い、筋肉も脂肪も少ない痩せ型の体型。運動と栄養、睡眠が十分に足りていないのだろう。……結論、特に不審なところもなく、平凡。

白上が梶野を見る目は、俺や霧島に向けるものとは違う、退屈そうで、明らかに興味を惹かれていないものだった。

「世間的に見れば才能、意欲ともに恵まれているものの、五才星学園においては突出することのできなかった人物。それなりの成績は収め、無事に進級はできたけれどスポンサーの獲得には至らないまま最高学年になった、この学園にはどこにでもいる少女、それが彼女です」

すでに梶野から視線を外している白上は、本当に彼女への関心がないようだった。

白上寧々子。トレーダー所属。三年生。金の亡者。守銭奴。銭ゲバ。

割とろくでもないやつではあるが、損得勘定に正直な白上がそういうのだから、五才星学園における梶野の評価とは、つまるところそういうものなのだろう。

「それで、お前はなんでそんな金にならない一般生徒と一緒にいるんだ？　彼女のファンというわけでもなさそうだが」

「とんでもない、もちろん私は紗衣さん単推しです。それに私はアンチ推し変・アンチ推し増しの古参勢ですから、他メンに容易く団扇を振るようなやわなファンとはものが違います」

「地下出身アイドルの厄介オタクみたいなこと言ってんじゃねえよ」

「私がここにいるのは、紗衣さんの付き添いです。幸音さんが率いる《ダイアリー》チームのアドバイザーとして紗衣さんが就任されまして、それに伴う契約の取りまとめやスケジュール管理の手伝いをしているのですよ。私も自分の仕事があるのですが、紗衣さんに頼まれてしまっては嫌とも言えませんので、致し方なく」

「なるほど、本音は？」

「推しの現場で働けるの、超最高ですな」

厄介オタクをマネージャーに雇った芸能プロダクションの構図が俺の身近で着々と完成しつつあることにやや戦慄しながら、俺は話題の転換を試みることにした。

「そういえば白上、お前に聞きたいことがあるんだが」

「なんなりと。この白上寧々子、久原さんにも世間にも後ろ暗いことは何一つありません」

「詠美ちゃんに俺を売ったの、お前？」

「ところで久原さん、市内の水族館でラッコの赤ちゃんが生まれたらしいですよ？」

「そうなのか、よかったな、一つの友情が死を迎えるかわりに、新たな生命が誕生してプラマイゼロってわけだ」

まあ正直なんとなくわかっていたことだし、大して気にしてもいないのだが、こういうことははっきりさせておいた方が何かとよい。

細かく釘を刺しておけば最後の一線は踏み越えないだろうし、何より溜飲が下がるというか、精神的優位に立てて気分がいい。

「いえ、私もこれで色々と気を回したのですよ？　他の誰かが調べ上げて久原さんの事情に気づいたら都合が悪かろう、ならばこちらで情報の取捨選択権は握っておくべきだと判断したからこそ、あえて汚れ役を請け負ったのです」

罪を認めた白上は、饒舌に言い訳を語り始める。

「しかもこの件は詠美さんからトレーダーの学部長へ直々に調査の依頼が来たものでして、私としても上から降りてきた案件を適当に済ませるわけにはいかず、内部政治の事情と久原さんとの友情、二つに板挟みになった私の心境たるや、どれだけご想像いただいたとしても、きっと及ぶものではないでしょう」

「なるほどな、続きは法廷でいいか？」

「待ってください、分け前はきちんと用意しますので、なにとぞ」

「おお、しっかり稼いでるみたいで何よりだ。弁護士費用には困らないな」

「貸し一つ、貸し一つとしましょう。久原さん、私を味方につけて損はありませんよ？」

「……今回はそれで勘弁してやるが、次はないぞ？」

よっしゃあ！　白上に貸しを作れたのはデカい！

これでどんな無茶ぶりをしても罪悪感はゼロだ！

「——あの、ちょっといいかな？」

白上にどんな無理難題を言い渡してやろうか頭を働かせていたところで、聞き馴染みのない声がした。声の方へ顔を向けると、そこには梶野幸音がいた。

「おや、幸音さん、どうしました？」

「うん、そっちの彼にお礼を言っておこうと思ってね」

梶野は俺を見て、温和な表情で微笑んだ。

彼女の後ろに隠れるようにして霧島もいたが、目が合うなりスマートフォンを取り出してしまった。会うのは個展以来だが、なんか心の距離を感じるな……。

「幸音さんにも紹介しておきましょう。こちらはアカデミア所属の久原京四郎さん。我々と同じく、風香さんのご友人です」

「えっと、カルチュア三年生の梶野幸音です。はじめまして」

「ああ、よろしくな」

誤魔化すのが何かと面倒な俺の立ち位置を上手くぼかしてくれた白上の紹介に乗るかたちで、俺は軽く梶野と挨拶を交わした。

白上寧々子、味方につければ目端の利く非常に心強い存在である。

「風香ちゃんが事件に巻き込まれたって聞いたから心配したけど、警備会社と警察の人たちがすぐに助けてくれたんだって。本当に、怪我がなくてよかったよね」

安堵の表情を浮かべながら梶野は言う。

「ああ、さぞかし有能で頼りになるクールなタフガイが活躍したのだろうな」

「あはは、それはわからないけど――風香ちゃんは私にとって憧れだから、何事もなくて、本当によかった……」

梶野は部屋の奥でデザイナーたちと談笑している風香に視線を送る。

「同じイベントで競い合うなら、正々堂々とお互い万全な状態で出たいからね」

そのように言いながらわずかに目を細めた梶野の表情には、羨望や憧れ、あとはわずかな諦めや嫉妬などの複雑な感情が浮かんでいた。

たしか、五才星学園にはどこにでもいる埋もれてしまった少女、だったか。

ならば、風香を見るのはそれなりに辛かろう。

風香はどこにいても埋もれない。

どこにいても何をしていても彼女は有馬風香として存在し、常に周囲を惹きつける。

「イベントのことはよくわからんが、まあ頑張ってくれ。応援してるよ」

「うん、ありがとう。……そうだ、紗衣ちゃんも久原くんに話があるんじゃないの？」

梶野が肩越しに振り返ると、そこに隠れるようにして立っていた霧島が肩を震わせた。

おずおずと、ゆっくりと、なにやら不自然な様子で俺の目の前にやってきた霧島は、精いっぱい見上げないと目線が合わない俺の顔にスマートフォンの画面を向けてきた。

「あ、あの……」

画面にはメモ帳のアプリが開かれており、このように書かれていた。

《話があるので、一緒に来てもらえませんか？》

……紗衣ちゃん、ちょっと会わないうちにキャラ変した？

＊＊＊

五才星学園の共用施設は各学部の研究・活動に最適化されるようデザインされており、それは一般生徒の憩いの場たる食堂であっても変わらない。

俺と霧島がやってきたカルチュアの食堂は、世界中のアンティーク扉へ乱暴に四本の棒をぶっ刺して作った色とりどりのテーブルが特徴だった。

ちなみに俺たちがついたテーブルはなんと和紙が貼られた本襖でできている。

ダイニングテーブルの材質が紙って。正気か。気ぃ遣うわ。

「……えっと、とりあえず要約するぞ？」

《お願いします》

相変わらず無言でスマートフォンを突きつけてくる霧島さん。

「つまり、前回は個展やらスランプやら妨害工作やらで色々とテンパってたから誤魔化しがきいてたけど、それが終わってホッとしたら元々の人見知りががっつり再発したと……そういうことでいいのか？」

「……はい」

なんと驚くべきことに、これが彼女の素というか、本来あるべき姿なのだという。マジか。

なんでそんな面倒くさいキャラ付けしてんだよ。

キャラクタービジネスに反骨精神を見出しすぎだろ。

「その、ね……この前はピリピリしていたとはいえ、あなたに酷いことを、その……」

言葉を詰まらせて、最終的にまたスマートフォンと格闘を始める霧島。

おー、すげえ速さでフリック入力してる。めちゃくちゃ現代っ子っぽい。

《これまでの不躾な発言の数々について、正式な謝罪をしたいと思っています》

「まあ、俺でなければトラウマ級の発言が多々あったことはたしかだな」

「っ！　そ、そうよね……。あなたと私の間にどれほど明確な社会的地位の隔たりがあったとしても、あえて言うべきではなかったわ。あの、反省してます……」

「ああ、毒を吐く時だけは喋りが流暢になるのね。逆だったら良かったのになあ」

「で、でも……世間があなたを限りある資源を浪費するだけの存在だと確信して、いつか民主主義があなたの排除に乗り出しても、私はあなたへの感謝を忘れないから」

「せめてそこは反対活動の一つくらいしてほしかったなあ」

「私も非常に残念で口惜しいのだけれど、無駄に終わることが確定している雑事に時間を割くほど、私の人生に余裕はないの……」

「うん、このあたりでひとまず口を閉じて、当初の目的をゆっくり思い出そうぜ」

霧島はハッと慌てた表情を浮かべて、またスマートフォンに向き直った。

背中を丸めて必死に文字を打ち込む姿は小柄な体格も相まって非常に可愛らしいものの、なんともやりにくいなあ……。

存外に自分が引っ込み思案な人物を苦手としていることに気づいた久原京四郎であった。

《先日の件について、お礼の品を用意させてもらいました》

霧島は文面を見せて、大事そうに抱えていたバッグの中から包みを取り出した。

その包みからは、何やら食欲をそそる香りが漂ってくる。

「ひょっとして、弁当か？」

こくこくと頷きながら、いそいそと風呂敷の結び目をほどく霧島。

香りから察するに、献立はカレーのようだ。

ルーの入った丸い容器の隣では、キレイな焦げ目のついたナンがプラスチックのパックの中で横たわっている。さすがは紗衣ちゃん、本格志向だ。

《最近はカレー作りに凝っているんです。お口に合えば幸いです》

食事のセッティングに文章の打ち込みと忙しい様子の霧島を微笑ましい気持ちで眺めつつ、渡されたナンを一口大にちぎる。指先から弾力が伝わり、鼻から伝わる小麦や香辛料の香りと相まって食欲をそそる。

ルーに浸けてから口へ入れると、ヤギ肉の強い風味とコリアンダーやクミンの香気が喉から鼻腔へ抜けて、ショウガと黒コショウの爽やかな辛さが後に残った。

「ルーも手作りか？　なるほど、たしかに凝ってるな、実にうまい」

「ル、ルーもそうだけれど、一番はナンに、こだわっていて……その……」

「ふむ……？」

久々の肉声を聞きつつ、何もつけずナンにかじりつく。よく味わってみると、ほのかな酸味と甘い香りに気がついた。おそらくは隠し味にヨーグルトとシナモンが入っているのだろう。

「わかる、かしら……？」

「ああ、そこらの凡人にはわからないかもしれないが、俺の舌は誤魔化せないな」

「ナンを焼く石窯から作ってみたの」

ごっめーん、全然気づかなかったわ。

つうか気づかねえよ。料理じゃなくて陶芸の分野じゃねえか。

よかったー、調子に乗って隠し味とか言わなくって。

《スポンサーがついたから、絵や彫刻以外にも挑戦できるようになりました》

「そうか、そりゃあよかった。なら、今はずいぶんと忙しいんじゃないのか？」

《スポンサーは自由に作ればいいと言ってくれているので、最近はのんびり過ごしています》

「なるほど、まあ気楽にやれているなら何よりだ」

「……そ、それで、だから……その」

画面と会話をしながらナンを頬張る俺の口元とカレーの容器を交互に見つつ、霧島は所在なさげにもじもじと言い淀んだ。

どうやらこれは、口頭で何かを伝えようとする時に起こる癖のようなものらしい。それに気づいた俺は、水筒に用意されたジャスミンティーを飲みながら霧島の言葉を待っていた。

たっぷりと時間を使って静寂が通り過ぎるのを待つ時間は、さほど退屈ではなかった。

「だから、私もこれを機に、友だちを作ってみようと思って、あなたともって……」

俯き、顔を赤らめながら霧島はそう言った。

そうか、霧島のやつ、そんな風に思っていたのか——。

《でも、友だちを作ると言っても何をすればいいのかわからなくて。世間ではいったい何をもって友だちというのか、その条件というか感覚がつかめなくて頓挫しています》

「わかるー！　めっちゃわかるー！　友だちってなんなの？　書面での契約もなしにどこから

関係性が生まれるわけ？　二一世紀にもなっていまだにそのあたりを言語化してないのは社会性を持つ生物としての致命的な欠陥だよな」

　あまりの共感っぷりにいい感じの空気も全て投げ捨てて語ってしまった。

「私は人の少ない田舎の出身だから、この学園にくれば半自動的に友だちが生成されるのかと思っていたのだけど、ダメだったわ。やっかみとか嫉妬とかは望まなくともいくらでもついてくるのに……自分の才能の豊かさに悩みもしたけれど、それすらもまた嫉妬の種になって……」

「そうなんだよなあ。世間は俺たちが大した苦も無く上等な立場を手に入れたと罵るが、いくら事実でも口にするべきではないだろうに。社会は少数派を守り様々な権利を与えるが、俺たちに与えられるのは栄光と繁栄だけだ」

　紗衣ちゃんも感情が乗ったのか途端に饒舌になり、極めて共感を得られにくいトークテーマで盛り上がる高校生男女の図は、対外的に見て割と最悪と言えた。

　でも、考えてもみてくれ。人にはそれぞれの悩みがあり、それらは理解しにくいものでもある、それだけの話じゃないか。

　悩みに貴賤はない。あるのは、俺たちと凡人が生まれ持った才覚の差だけなのだ。

　トークテーマが最悪ならオチも最悪だな。このくらいにしておこう。

《何をすればいいのかわからないから、色々と行動はしているのだけど、なかなかうまくはいかなくて……》

「ひょっとして、コスフェスに参加したのもそういうことなのか？」

《そうです。スポンサーがついている学生はコスフェスに参加登録ができないという規約があるので、あくまでも外様のアドバイザーという立ち位置ですが》

「なるほどな。しかしそれでは、もしそっちのチームがグランプリになっても旨味がないんじゃないのか？」

《必要な富と名声はもう十分以上に持っているから……》

「うん、なんとなく俺とお前に友だちがいない理由がわかった気がするわ」

人の振り見て我が振り直せ、偉大なことわざである。

しかし三つ子の魂百までという偉大なことわざも存在するので、ままならない話だ。

さておき、コスフェスが学生の参加に規制を設けているというのは、運営側——ひいては学園上層部の意図としては納得のできる情報だった。

質の均等化。より具体的に言えば、飛び抜けて優秀な作品が生まれないようにするための措置、と言ったところだろう。

どの作品がグランプリになってもおかしくない、という状況はすなわち、どの作品をグランプリにしても怪しまれる可能性が低い、ということだ。

運営が八百長を画策する上で、他に圧倒的に優れた候補があっては都合が悪い。

「……か、梶野さんは良くしてくれて、いるの。でも他の人たちは、まだ、壁があるというか」

「そりゃあ、スマホのモニターという分厚い壁が鎮座しているからな」

「このやり方は、初日に、梶野さんに禁止されたわ……」

梶野女史、意外にもスパルタだった。

まあ普通に面倒くさいし、当然といえば当然か。

俺が早々に順応したのは俺がすごいからで、それを一般生徒に求めるのは酷というものだ。

「た、単純に……その……嫌われてる、みたいな感じで」

「考えすぎ……というわけでもないか。しかし、考えても仕方のないことではある」

「そうかも、しれないけど……でも、思っちゃうの。せめて……風香くらい社交的だったら、その、違ったのかなって……」

こういった場面においても、風香はやはり特別な立ち位置になる。

あれだけの才能と魅力を迸らせてなお、彼女の周りには嫉妬よりも多くの人が集まる。

「……私も、風香みたいになれたらよかったのに、って」

風香には風香なりの悩みがあるのだから、気安くそんなことを言うものではない。

本来の久原京四郎ならばそのように言うべきだったのだろうが、俺にはそれができなかった。

俺も同じことを思ってしまったことがあるから。

凡人たちの憧れの的である彼女は、俺たち天才と呼ばれる人間にとってもなお、憧れだった。

＊＊＊

特に何事もなく、翌朝。

風香を無事に助け出したのはいいものの、そもそもの目的であるコスフェスからの離脱については、まだ課題が残っている。

なにせ今後の風香の学生生活にも関わってくる問題である以上、力ずくで解決するわけにもいかない。遺恨のない、できればこちらが優位な立場での決着が望ましい。

そのためには交渉材料が必要となるのだが、いかんせん手札が限られているのが現状だ。

どうしたものかと頭を悩ませつつ、自宅地下に構えたトレーニングルームで汗を流してから諸々の準備を済ませて日課のランニングへ出かける。

劣等生として振る舞いながらも自己の鍛錬はおろそかにしない、それが久原京四郎である。

まあ、すっかり体に染みついたルーティーンだからやらないと気持ち悪いだけなんだが。

それに、素晴らしい出会いというものは朝の時間に待ち構えているものだ。

「――おっ、雪代じゃん」

公園の緑道に入ったところで、前方に見知った香りを検知。

いつもは降ろしている髪を頭の後ろで束ねて、上下セットのランニングウェアと、腰には小さなポーチをつけている。飾り気の少ないシンプルな装いだが、それがかえってグッときて、なんだろう、キュンとくる。

「おーい、雪代」

少しばかり距離はあったが、声をかけると雪代は振り向いた……のだが、こちらを見るなり、また進行方向へ顔を戻してしまった。……あれ？　たしかに目が合った気がしたんだけどな。

「雪代、俺だ。お前の頼れるバディ、久原京四郎だ」

走る速度を上げて、また声をかけてみる。

しかし、今度は振り向いてすらくれない。

「なんだ、呼び方が不満か？　なら気恥ずかしいが……宮古(みやこ)ちゃん、そう呼んでくれと言ったのは、お前だもんな？」

完全に並走する状態になっても、雪代は淡々と走り続ける。

「ふう、ここまで強情ならば仕方ない。――言っておくが、俺は嫌がられるほどにテンションが上がるタイプだ」

「あっ！　おはよう久原くん！　奇遇だねっ、久原くんも朝からランニング？」

「おはよう、切り替えが早くて何よりだ」

「うん、それじゃあまた今度ねっ！」

「待て待て、なぜそうまで避ける」

「どうしてだと思う？」

「……大丈夫、お前はいつでもいい匂いだ」

「汗の匂いを気にしてるわけじゃないよ」

そう言いつつ、雪代は体一つ分の距離を取った。このおませさんめ。

公園の案内所まで来たところで、雪代はその裏手へ回り、人目がないことを確認してから足を止めた。

なんだ、周りの目を気にしてたのか？

年頃の男女、人目を忍ぶ話し合い、その先に待つのは、すなわち、恋……？

「それで、久原くんに聞きたいんだけど」

「安心しろ、告白の答えはオーケーだ」

「ありがとう、間違っても久原くんには告白しないように気をつけるね。そうじゃなくて……」

そして雪代は、俺の体を上から下までじっくりと見つめた。

「久原くん、その格好はなに？」

「なにって、これが俺のランニングスタイルだ」

そう言いながら、背負ったリュックを揺すって見せてやる。リュックの中には水や食料、着替えなどが入っており、衣服前面には手榴弾やマガジン、シールドアーマーを想定した重石が取り付けられている。実際の行軍をシミュレートした総重量三〇キロに及ぶ俺の装備を見て、雪代は大きく溜息をついた。

「……久原くんって、たしか素性を隠さなきゃいけない立場なんだよね？」

「おう、一般生徒には極秘の潜入任務だからな」

「隠す気ある？」

「逆に聞こう、今の俺が歴戦の若き天才傭兵に見えるか？」

「迫りくる変質者にしか見えないね」

「そう、これは大衆の認知を逆手に取った極めて巧妙なカモフラージュなのだ」

「カモフラージュしたいなら大衆に紛れようよ……。はあ、それでなんの用？」

「おいおい、野暮なことを聞くなよ、友だちだろう？」

「迫りくる変質者に追い回される理由を聞くのは、自衛のために当然の権利だと思うな」

再び大きく溜息をつきながら、雪代は腰につけたポーチからスマートフォンを取り出した。

「まあいいや、私も久原くんに見せたいものがあったし……はい、今送ったよ」

リュックの中からメッセージの通知音が鳴る。

俺はリュックからスマートフォンを取り出して……取り出し……ちょっと待って、めっちゃ奥にいっちゃってる。なんでスマホとか財布って取り出しにくいところにいっちゃうのかなあ。

「おっ、あったあった……。文書ファイルか、中身はなんだ？」

「私が調べた、コスフェスの実態と真相。昨日あの場では言えなかったから、今伝えておくよ」

「それは助かるが……やけに素直に教えてくれるんだな。目的はなんだ？」

「野暮なこと聞かないでよ、友だちでしょ？」

「裏切りの前科がある奴から理由を聞くのは、自衛のために当然の権利だ」

雪代は理由もなしに人を騙す奴ではないが、理由があれば躊躇いなく人を巻き込んで策を弄する人間だ。今回は風香も関わっている以上、こいつの行動に対しては慎重になりすぎるということはない。

「今回のコスフェスには風香ちゃんも絡んでるし、見て見ぬふりをするのは後味が悪そうだから、それだけだよ」

雪代の声からは、妙なごまかしや彼女お得意の演技のようなものは感じられなかった。

俺の知らない間に、風香と雪代は友人としての関係を築いていたらしい。

「私はね、自分の友だちが上がりを決め込んだやつらの食い物にされるのは、見たくないんだ」

俺は一度、雪代の逆鱗に触れている。

だからこそ、今の雪代は信頼できると、そう思った。

＊＊＊

「ということで、これより緊急作戦会議をはじめます。はい、みんな拍手してー」

「おー、いいね、作戦会議」

ぱちぱちぱちと、風香一人分の拍手が空き教室に響く。

教室にいるのは五人、拍手は一人分。

俺の求心力が大変よくわかるモノラルサウンドである。

「久原くん、ちょっといいかな？」

「はい、情報提供者の雪代さん、発言を許可します」

「帰っていい？」

「発言を却下します」

「久原さん、私もいいですか？」

「はい、作戦参謀の白上さん、発言を許可します」

「帰っていいですか？」

「発言を却下します」

「久原、私からもいいかしら」

「はい、作戦顧問の霧島（きりしま）さん、発言を許可します」

「そもそもなんで私たちが集められたのか教えてちょうだい」

「それは皆さんが俺の友だちだからです。ちなみにこれでフルメンバーです」

「あまりにも悲しい補足情報をどうもありがとう、帰っていいかしら」

取り付く島もない参加者一同。

ちなみに霧島が流暢（りゅうちょう）に喋（しゃべ）っているのは、たぶん人が多くて緊張しているからだ。五人だけど。

「まあまあ、聞いてあげよ、話だけでも」

「風香（ふうか）がそう言うなら仕方ないわね」

「風香さんに言われてしまっては、嫌とは言えませんね」

「風香ちゃんに免じて、聞くだけ聞いてあげよっか」

そしてこの手のひら返しである。

風香のカリスマには是非ともあやかりたいものだ。

ということで、ここからはマジメなお話。

《息吹（いぶき）》のモデルである風香と、《ダイアリー》のアドバイザーである霧島、双方にとって知っておくべき情報がたっぷりの、とてもマジメな話である。

「結論から言おう。コスフェスは出来レースだ。グランプリ受賞作品はすでに決まっている」

単刀直入な俺の言葉に反応したのは、やはり風香と霧島の二人。

雪代はもはや知っているものとして、白上にも驚くようなそぶりはない。

このくらいのことは予想していたのか、雪代同様に知っていたのか、まあ、どちらでもいい。

「久原、どういうこと？　冗談にしては品がないけれど」

「言葉のとおりだ。渡した資料にもあるように、俺はアカデミア学部長代理からそれについての証言を得ている。鮫島詠美の話によれば、コスフェスのグランプリは《息吹》のはずだった」

「それって、風香の……」

霧島の視線を受けても、風香はそれに応えず俺を見つめていた。

「きょうちゃん、なんで《息吹》が優勝なの？」

「まあ待て、順を追って説明する。コスフェスはカルチュアのイベントとされているものの、実際には五学部の上層部が運営に直接関わる催しであり、利権となる制服のデザインも彼らの意思決定に裁量が委ねられていた。これは鮫島詠美だけでなく、ストレングス所属の雪代からも裏が取れている」

「いちおう言っておくと、私は昨日の一件で調査員だったことがバレて担当を外されたから、今は派閥的に無所属というか、風香ちゃんの味方のつもりだよ。スパイではありません。ここ、重要なところだからよろしくね？」

「うむ、これで裏切ったら俺が徹底的におしおきするから安心しろ。具体的には、『一年の雪代、アカデミアの久原ってやつと付き合ってるんだってさ』って噂を流す」

「本当にやめてね？　私の立場が地に落ちるから」

真顔で釘を刺してくる雪代。

これは対立関係にあるアカデミア生と懇意にしているというのが問題なのであり、久原京四郎と付き合うとスクールカーストが下がる的な話ではない。はずだ。……だよね？

「頼むから話を戻してちょうだい……。グランプリは《息吹》のはずだった、ということは、事実はそうではなかったの？」

眉間に指を当てて顔を顰める霧島。

察しが良くて何よりだ。


「雪代の調査資料により、《息吹》のグランプリ受賞は偽情報であることが判明した。真の受賞作は《ダイアリー》。霧島がアドバイザーとして参加するチームが優勝する、これが事実だ」


再び霧島の眉間に皺が寄る。

「ちょっと待って、私はそんな話は聞いてないし、他の人たちもそんなそぶりはなかったわ」

「なら本人たちにも知らされていないということだろう。事実を知る者は少ないに越したことはないからな」

霧島が納得のいかない様子を見せる一方、白上はここにきてようやく俺の話に興味を抱いたようで、あらかじめ渡しておいた資料をぱらぱらとめくり始めた。

「つまり、上層部は《息吹》が優勝する出来レースという誤情報を意図的に流した上で実際には《ダイアリー》を優勝させて、『コスフェスに出来レースの事実はなかった』と印象づけるつもりなのですね。なるほど、キングダムのお偉方が好みそうな筋書きです」

要点は理解したとでも言うように、見始めたばかりの資料を机に置いて白上は笑った。

俺たちよりも学園で多くの時間を過ごしている彼女にとっては、このくらい当たり前の話なのかもしれないが、しかし俺にとってはそうもいかない。

なにせ、この件には風香が絡んでいるのだ。

「《息吹》が優勝するという誤情報が流れれば、その時点で風香は多くの生徒にとって敵となり、様々な被害を受けるだろう。正直に言う、風香はこのイベントを降りるべきだ」

俺がそう言うと、風香は考え込むように視線を下げて、少しの間机の天板を見つめた。それからゆっくりと顔を上げて、俺の顔を見た。

「えっと……ごめん。正直、よくわかってない」

「全てを理解する必要はない」

「昨日の隠し事って、これ？」

「あの時は《息吹》のグランプリまでしか知らなかったが、そういうことだ」

「……それで、コスフェスに出たら、嫌われるの？」

「ああ、上層部の悪事に加担したとして、一部の一般生徒はお前を詰るだろう」

「もし私がコスフェスに出るって言ったら、きょうちゃんはどうするの？」

「全力で反対する……が、最終的に決めるのはお前であるべきだ。それを無視して俺が余計な介入をすれば、別の問題を生む可能性がある」

風香の意思を無視した俺が暴れまわって、コスフェスそのものをうやむやにしてしまうことはできるが、そうすれば風香と上層部の間に遺恨が生じる。

しかし、この真相を理由に風香が自分の意思でモデルを降りるとなれば、上層部も強くは出られない。これが今のところ一番穏便な落としどころだろう。

俺の気持ちを汲んでか知らずか、風香はまた視線を下げて何事か考え始めた。

その一五秒ほどの時間を、俺たちはひたすらに黙ったまま待っていた。


「私は、――――」


ゆっくりと、風香は自分の意志を俺たちに告げた。

導き出された答えは俺にとって意外なものであり、一方で予想していたものだった。

風香には俺の理解が及ばない部分がいくらかある。その領域が彼女の意思に作用することがあるのならば、こういうこともあるのだろうと、俺は思った。

「でも、まずは会って話したい、偉い人と。ホントに決めるのは、それから」

「……いいんだな。きついぞ、鮫島詠美と話すのは」

「うん、わかってる。でも、大丈夫」

おそらくは、ここが相互理解の限界点だろう。

これ以上踏み込んでも、今度は俺の理解が及ばない。

「ならばここからは、俺の個人的感情による憂さ晴らしだ。大切な友だちを利用されて久原京四郎が黙っているわけがないと、俺は連中に教えてやりたい。風香、俺に協力してくれ」

風香がコスフェスに出ないと言うのであれば、俺はそれで構わない。

話し合いの末に出ると言うのならば、俺はそれを支えよう。

だが、それはそれとして、ただ利用されるのはムカつくから一泡吹かせてやりたいと思うのは、けしておかしな気持ちではないはずだ。

「いいけど、なにするの?」

「嫌がらせ──。これまで、そして今後の風香の心労や危険に対し、十二分の報酬を奴らからふんだくる。有馬風香は安い女じゃないと、奴らに教えてやろうじゃないか──。

──ということで、ここからは楽しいチームプレイの時間だ。

白上、学園の上層部が納得するギリギリのラインで交渉の草案をまとめてくれ」

「……はい？」

「出来あがったらそれを持って直訴に行くから、今日明日くらいでまとめてくれ、よろしく」

「待ってください、なぜ私がそのようなことを？」

「だって俺たちは——友だち、だろ？」

「嫌ですよ！　風香さんと久原さんがどのように行動されようと知ったことではありませんが、私は常に安全圏に身を置いていたいのです！」

「おう、いいぞ、どんどん罪悪感がなくなっていく素敵な発言だ」

「下手に上層部を刺激して、それがうちの学部長に知られでもしたら、これまで目をつぶってもらっていた諸々の件をいよいよ責め立てられるかもしれません！　そんなことになったら、今日まで渡してきた賄賂が全て無駄金になってしまいます！」

いまだかつてない慌て方で好感度を下げる白上。

そうか、上層部に賄賂を渡していたのか、これはまたいいことを聞いてしまった。

「白上、お前は俺に借りがあったはずだよな？」

「それとこれとは話が別です。それについては別途対応を考えますが、少なくともそれを理由に私が引き受けることはありえません」

「そうか……俺が何を言っても首を縦に振ってはくれないのか？」

「ご理解いただけそうで何よりです」

「なるほど残念だ。――ところで、霧島はこの白上の態度についてどう思う?」

「ちょっ、おま……~~~~っ!」

思わず慇懃な口調が崩れかけた白上に心の中で大爆笑を贈りつつ、表情には同情されやすい要素をたっぷりと塗りたくって、俺は霧島を見つめた。

霧島は不安げな顔つきで、俺と白上へ交互に視線を送った。

口元に手を当てて、なにか言い淀む。

「……あなたに頼むのはおこがましいけれど、その、寧々子、私もあなたが風香のために一肌脱いでくれたら、とても嬉しいわ」

「い、いえ、そのですね、私もそうしたいのは山々なのですが、込み入った事情が……」

「わかっているのよ、あなたにとって私はただのビジネスパートナー。こんなことを言われても困るだけだって。それでもあなたの中に私たちを友人と思う心があるのなら、もう少しだけ考えてはもらえないかしら……?」

「く、久原さん……? まさか、紗衣さんをこの場に呼んだのはこれが理由で……?」

「はっはっは、馬鹿を言え、俺は仲間外れを作りたくなかっただけだ」

「白々しい……っ！」

「白上だけに白々しいか、こいつはいいな、はっはっは」

　爽やかな笑顔をしっかりと貼りつけながら白上の前まで行き、腰をかがめて視線を合わせる。

「なあー、頼むよ白上ぃ。学園上層部を納得させてぇー、禍根も残さないようにしてぇー、風香もついでに俺たちもがっぽり儲かってぇー、そんなステキな条件を考えてくれよぉー」

「そう簡単にはいきませんよぉ……。この程度の件は上層部にとってもののついでにすぎないんです、そんなもののために生徒の意見に折れた前例を作るくらいなら、もっと強硬な手段に出られて終わりですよぉ……」

「なら重要度を上げてやればいい。今すぐ風香に投資しなければイベントどころか自分たちの足場も崩れ去ると連中に錯覚させろ」

「……正気ですか？　事実のないハッタリで上層部に脅しをかけろと？」

「今回の件はいつか起こりうる民衆の反乱を避けるためのものだ。付け入る隙はある」

　上層部の措置は、お世辞にも完璧とは言い難い。

　真の受賞作を隠すためとはいえ、出来レースの噂を流すだけで上層部への信頼は損なわれるはずだ。しかし、上層部はそのリスクを飲み込んだ。つまりその程度のリスクならば容易く看過できるほど、すでに一般生徒たちの中では不満や反発の機運が高まっているのだろう。

　ならばそれを利用しない手はない。奴らが強い者の力を使って風香を操ろうとしたように、俺たちは弱い者の力を使って連中に戦いを挑む。

俺の考えを白上は早くも理解したようで、机に突っ伏したままの姿勢で何やらぶつぶつと呟いている。

「えっと……どうしよ……。とりあえず学園内の反抗勢力の規模を水増しして、急進派閥が裏で抱えてる資金が想定を大幅に超えてるってハッタリかまして、市内で学生による治安悪化が進んでるって警察に嘘を言わせて、風香さんが今回の件を告発した場合の被害予測を目一杯でっち上げて……これならどうにか、いや、どうだろ……」

やはり、味方に引き入れて損はない優秀なやつだ。

キャラや口調は崩壊気味だけれど。

ともあれ、残る懸念点はあと一つ。

エンリケが言っていた、詠美ちゃんの隠しごと。

これについては出たとこ勝負だが……まあなんとかなるだろ。なにせ俺だし。

唐突に開かれた作戦会議は、頭を抱える白上の呻き声に包まれながら幕を閉じたのであった。

がんばれ白上。不憫ポジションは好感度あがるよ。

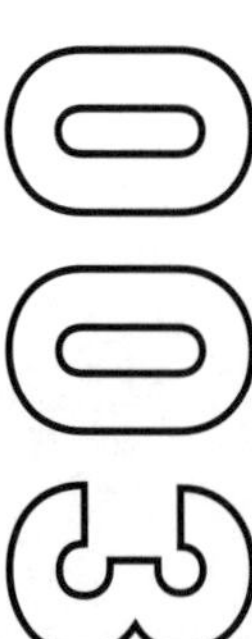

SCHOOL=PARABELLUM

作戦会議から数日が経ち、朝起きてメールを確認すると、白上からのメールが届いていた。

上層部へ提出する書類のデータと『一か月ほど絶交とさせていただきますので、ご承知おきください』というシンプルな文面をほっこりとした気持ちで眺めつつ、風香に電話をかける。

数度のコール音のあと、応答。

がさがさと物音が聞こえてから、風香のうめき声がスピーカーを鳴らした。

「……あい、有馬風香です。……精神年齢は六歳です」

「おはよう、嘘か本当か判断に困る寝ぼけ方をするな」

「……あれ、なんできょうちゃんの声？　うち、昨日、泊まった……？」

「まずは目を覚まして、電話という文明の利器を思い出せ。二時間後、学園駅前に集合だ」

「電話……知ってる……。食べたこと、ある……」

「ガッちゃんか。頼むからこれ以上個性を増やすな。じゃあ、またあとで」

「……うーい」

覚醒状態に入る兆しのない風香を置き去りにしたまま電話を切る。

これまでにも風香にモーニングコールをしたことは何度かあるのだが、いつもこんな感じだ。

不思議なことにあんな様子でも遅刻はせず、待ち合わせ場所に行くといつもの元気で可愛い風香ちゃんが立っているのである。

女性は準備に時間がかかるものという言説があるけれど、風香はそれが当てはまらないタイプのようだ。メイクやスキンケアなども時間がなければ省いてしまうらしい。

几帳面そうな雪代あたりが聞けば頭を抱えそうな話だが、身なりに対して特別なこだわりのない俺としては、人の視線を気にしない風香らしい話だと思うくらいである。

ともあれ、風香への連絡を済ませた俺は、コーヒーを淹れつつ詠美ちゃんへ急な訪問のアポイントメントを取るのであった。

＊＊＊

——学問の塔、アカデミア。

およそ三二〇名の若き学徒が、さらなる学問の習得を目指して日夜勉学に励む場所。

その特徴は大きく三つ。

すなわち、主知主義、成果主義、権威主義である。

カルチュアと同じく過程よりも結果を重視する一方で、個人主義の彼らとは違い、アカデミアでは明確な派閥が形成され、それらに権威的な上下関係が存在する。

アカデミアにおいて、成績や立ち位置は発言力や影響力に直結する。

そのような社会でしのぎを削る三二〇名の頂点に君臨する者こそが、最優秀成績保持者、すなわち学部長なのである。

時間通りに集合した俺と風香は、詠美ちゃんの待つ学部長執務室へと向かった。

渡した書類に目を通す詠美ちゃんと、彼女の些細な動きからも感情の変化を読み取ろうとする俺の間には張り詰めた空気が流れる一方で、いつもと変わらない様子でソファに行儀よく座る風香から緊張のようなものは感じられず、執務室は二つの空間が中途半端に混ざりあったような異質さに満ちていた。

「――いいぜ。この条件、アタシが学部長連に持っていってやるよ」

詠美ちゃんがリキッドシガーの端末から唇を離すと、煙とともにそのような言葉が吐き出された。五分ほど黙って読んでいた陳述書から目線を上げて、俺を見るその顔に嘘や冗談といった成分は見られない。

「……随分と話がわかるんだな？」

「取り立てて議論の必要はねえ。交渉材料もアタシたちの弱みも、勘所をよく理解してる。こいつは、久原ちゃん、お前が書いたもんじゃねえな？　学園のことを知りすぎてる」

「ああ、そのとおりだ」

「なら……なるほど、白上ちゃんか。報酬にはこの条件で獲得するSPと現金を三〇パーセントずつ渡すと言っておけ。そうすれば、あいつとトレーダー学部長の間で報酬を折半にする取引が交わされる。この条件のうち、トレーダーが出資するであろう額を若干上回る内容だ。それが決まればトレーダーはこの陳述書に賛成する。コストよりもリスクを嫌うキングダムも賛成に票を入れるだろうから、アタシを含めてこれで三票、無事可決だ」

　こちらから話をするよりも先に、詠美ちゃんは交渉を成立させるために足りていなかった材料を揃えていく。

　最終的には必ず合意を掴み取るつもりではあった。しかし、早すぎる。

「……不満そうな顔だな。簡単な話だ。このくらいの投資をしても痛くねえほど、アタシらにとってコスフェスの意義はでかい、それだけのことだよ」

「あんたらは俺たちに嘘をついていた。信じられると思うか？」

「嘘がバレちまって形勢が逆転した、多少なりとも下手に出るのは当然だろうが」

「いいや、圧力をかけて脅すことだってできるはずだ。特に詠美ちゃん、あんたがこの条件を受け入れるメリットがない」

今回のコスフェスにおける《息吹》の立場は、学園内の政治的事情が大きく反映されている。最も恩恵を受けるキングダムが条件を飲むのは道理だ。

白上を通してコストよりも大きなリターンが見込めるトレーダーが賛成するのもわかる。何をするかではなく、いかに稼ぐかを追求する彼らは、実利が得られればそれでよい。

しかしアカデミアはそうもいかない。こんなことに労力を割くぐらいなら、風香と俺を潰して別の候補を立ててしまった方がよほど楽なのだ。

それをしないのは、風香、あるいは俺を留めておくことにコスト以上のメリットがあるからに違いない。その真相を、俺はまだ見ていない。

「全てを白状しろ、詠美ちゃん。SECLの諜報員であるエンリケの証言から、あんたが俺に隠し事をしていることはわかっている。その内容が明らかにならないならば、俺はいざという時に力が出なくなってしまうかもしれないぞ?」

俺と視線が交わったまま、詠美ちゃんは手だけを動かして、リキッドシガーの端末を唇の端で咥えた。そのままゆっくりと煙を吐き出してから、乱暴に頭を掻き、天井を睨んだ。

「……馬鹿は馬鹿で手に負えねえが、あんまり知恵が回るのも考えもんだ」

詠美ちゃんは立ち上がり、応接用のソファの奥にある自らのデスクへと向かった。

引き出しを開け、俺の位置からは見えない何かを取り出すと、再びソファへ戻って取り出したそれをテーブルの上に置いた。

　四角いガラスが二枚重なった三センチ四方ほどの小さな板。そこには、目を凝らさなければ見えないほどの細い繊維が挟まれている。

「……これは？」

「ドレイク──アタシの研究チームが開発した次世代ＣＦＲＰだ。有馬ちゃんが着る《息吹》の裏地にはこいつが使われている。ＣＦＲＰの説明は、必要か？」

「炭素繊維強化プラスチック、だったか」

「さすが戦争屋のお坊ちゃん。なら、こいつの用途も知ってるな？」

「航空宇宙産業、土木建築、あとは……軍事産業」

「そのとおり。ドレイクは超高分子量ポリエチレンと炭素繊維を複合したスーパー繊維だ。綿にも劣らない柔軟性を持ち、加工により7.62㎜弾を防ぐレベルⅢの防弾性能を誇る。軍事・航空・宇宙開発の目的で生まれたこの糸きれの製造方法は、アタシの親愛なるスポンサーのひとつ米国国防総省を相手に三億ドルでの専売が決まっている」

「……随分と、壮大な話になってきたな」

「追いつけねえか？　残念ながら、この話はこれ以上小さくならねえよ」

「いや、追いつけないというか、ちょっと引いてる……」

　もうやだ、この学園。

なんで高校生の口から7.62㎜弾とか国防総省とか出てくるの?

もっとコンビニスイーツとかプチプラコーデの話をしようよ。

隣の風香ちゃんも、さっきまでは真剣に話を聞いてたけど、今はもうわかんなくなっちゃって自分の爪を見てるもの。いいんだよ、風香ちゃん。ずっとそのままの君でいて。

風香の口から国防総省とか絶対に聞きたくない。

「ここまでで、何か質問はあるか?」

「あー、とりあえず出資企業の一覧データをくれ。片っ端から株を買っておく」

「質問はないようだな。話を進めるぜ」

ドレイクと呼ばれた繊維の隣に、詠美ちゃんはタブレットを置く。

そこには取引に関する資料が表示されていた。

資料の右上には弊社の主要取引先のマークがある。

「取引はコスフェスの会場内、第三地下駐車場で行われる。イベントは各チームの技術発表の場も兼ねていて、当日は各地から多くの関連団体が集まるからな、木を隠すならって奴だよ」

「つまり詠美ちゃんが《息吹》を出展する目的は、そっちが本命だったわけだ」

「そういうこと。慎ましく日陰で安全なシノギをするつもりだったのに、どっかのマヌケが騒ぎを起こしてくれたせいで、余計な役回りを負わされちまった」

ここで、繋がってくるわけだ。

五才星学園上層部の協力体制、鮫島詠美直属チームの参加、それを妨害する武装集団の登場、そして二か月前に起きたストレングス学部寮襲撃事件の禊と、キングダムの思惑。

「……というかこれ、詠美ちゃんは完全に被害者じゃないか？」

「そうだよ！　お前が大人しくして、キングダムの人でなしが悪知恵まわさなきゃこんなことにはなんなかったんだよ！　謝れ！　本気でアタシに謝れ！」

「はっはっは、めんごめんご」

「ホントはお前なんか顔も見たくなかったんだ……。でもお前、実力だけはあるから……。必死に外堀埋めてハッタリかまして、そっちが提示する条件まで承諾して……そこまでやってもアタシは嘘つきの黒幕扱いか……？　なんだよそれ、お前らみんな嫌いだ……」

「そう言われると、なんかこっちが嫌な奴みたいで気分悪いな」

「死ね……」

必死に頭を振り絞り、様々な思惑の中で藻掻いてきた詠美ちゃん、その果てに辿り着いたのは明確な殺意の二文字だった。

「話はわかった。苦労をかけたことについては、素直に申し訳ないことをしたと思うよ。

――だが、あんたの事情に風香は関係ない。俺たちは降りさせてもらう」

あまりにも、話が大きくなりすぎた。

風香の学園生活や報酬どころの騒ぎではない。

前提条件そのものが全くの別物になってしまった。

エンリケはおそらく、米国の軍備増強を疎むどこその反米派閥からやってきた人間だろう。

国家間の政治的思想に裏付けられた作戦行動。必要ならば殺しも厭わない連中だ。


最悪の場合、風香は死ぬ。

その可能性を、俺は看過できない。


うなだれたままの姿勢で俺の言葉を聞いていた詠美ちゃんは、目だけを動かして俺を見た。

そこに諦めや受諾の色は見られない。

「前にも言ったがなぁ、久原ちゃん。降ります、ハイそうですかで済むほど簡単な話じゃねえんだよ、こいつは。むしろアタシはあんたらに譲歩してやってるんだ。なるべく穏便に、平和的に解決しようと便宜を図ってる」

「それを言うなら、こっちだって降りるだけで済ませてやると言っているんだ。あんたは私的な利益のために風香を利用した。何の非もない一般生徒を危険に晒したんだ。そのことについて触れずにいるのは、俺の優しさだよ」

「…………」

詠美ちゃんは右手で乱暴に髪を掻き、激情を体の外へ逃がすように大きく息を吐いた。

それからリキッドシガーの端末を咥えて、三回、ゆっくりと煙を吐き出す。

「……しがない戦争屋の小間使い風情が、下手に出てりゃあ調子に乗りやがる」

天井を仰いで、四度目の煙を吐き出してから、背中を丸め、両の腿にそれぞれの肘を置いて、詠美ちゃんは前髪の隙間から俺を睨んだ。上に立って下を押さえつける者に特有の、茨のような苛烈さと鋼のような冷静さを含んだ眼差しで俺を見る。

「降りることは許さねえ。有馬ちゃんは百歩譲ってもいいが、久原ちゃん、お前はダメだ」

「風香がいないのに、俺が関わる理由はない」

「無理矢理にでも降りるってんなら、この学園にいるお前の知り合い、全員を追い込む。全員いられねえようにする。アタシにはそれだけの力がある」

「俺がそれを黙って見ているとでも思うのか？」

そこまで言ったところで、詠美ちゃんは俺たちの間にあったテーブルを右足で強く蹴飛ばした。重い木製のテーブルは転がることこそなかったが、硬い木と靴の底がぶつかった音は部屋の中に響き渡って、壁の棚に積まれた銀食器が小さく揺れた。

「――おう、やりたきゃ銃でも戦車でも持ってこいや。腹にトンネル開けられようが、アタシはきっちり仕事をする。テメエらが泣いて謝ってアタシの靴をベロで綺麗にしてくれるまで、徹底的にヤる」

詠美ちゃんは口からゆっくりと息を吐く。薄く開いた唇と、その奥にある歯の隙間を通って出た息は擦れあうような音を伴って、冷静な口調の奥にある怒りと覚悟の温度を教えてきた。

「いいかい、久原ちゃん。ドレイクはアカデミア学部長代理であるアタシの成果物で、この取引にはアカデミアの信頼がかかってる。三億ドルの取引が潰れりゃあ、研究チームの奴らは路頭に迷い、首を括る奴も出てくるだろう。そして一つの商売もできねえボンクラを神輿に乗せたアカデミアは出資団体からの支援を失い、多くの学生が未来を断たれる」

詠美ちゃんの踵が不規則なリズムで絨毯を叩き、その度に左手の人差し指と中指で挟んだリキッドシガーの端末が小さく揺れる。そして少しずつ温度を上げていた感情が、いよいよ沸点を迎えた。

「私的な利益のために利用しただぁ⁉　アタシは在学中のアカデミア三二四名と、関係者全員の人生を背負ってんだ！　そいつらを守るためなら軍隊だって敵に回す覚悟でアタマ張ってんだよ！　テメエの女ァ一人守る気概のねえ根性無しが、粋がって噛みついてくんじゃねえ！」

テーブルが再び蹴られ、リキッドシガーの端末が投げつけられる。

狙いを誤って風香に当たりそうになったそれを払い落とす。

「どれだけ言われようが、俺の意志に変わりはない。俺たちは降りる。そして、俺の友人にも手出しはさせない」

「上等だよ……！　学のねえお前らに、詫びの入れ方を徹底的に教え込んでやる……！」

詠美ちゃんは瞳孔の開いた目で、俺は冷静な敵意を込めた目で、互いを睨んだ。

本意ではないが、ここで詠美ちゃんの身柄を拘束し、上層部へと連れていく。

必要ならば、武力行使も辞さない覚悟が、俺にはあった。

「――ねえ、なんも言ってないんだけど、まだ、私」

俺の隣で、彼女の耳につけられたピアスがりんと揺れた。

ソファの背もたれに体を預けて、揃えた腿の上に両手を置き、退屈そうに爪を眺める風香は俺たちに視線を送ることもなくそう言って、自らの言葉が作り出したしばらくの静寂のあと、俺たち二人が会話を止める意思を持っていることを確認してから、顔を上げて口を開いた。

「なんかさ、そっちの都合で決めてるじゃん、全部。いるんだけど、私も」

風香の口調はいつもより固く、強く、明らかな非難の色が表れていた。

「……風香、お前がこの状況を正しく理解していない可能性を考慮した上で言う。すでにコスフェスおよび《息吹》が孕む危険性は一般生徒の許容できる値を超えている。敵対勢力は反米派の戦闘員、目的のためなら手段を選ばない連中なんだ」

俺はできる限り形式的な説明で風香を遠ざけた。

もっと別の言い方、有無を言わさない方法で風香の口を塞ぐこともできたはず。しかしそれをしなかったのは、有馬風香に対する久原京四郎の甘さゆえだった。

「だからさ、どうでもいいって。事情とか、状況とか、そういうの」

「っ、どうでもいいわけあるか、この馬鹿！　ともすればお前の命が危ぶまれる問題なんだ、この期に及んで安全以上に大事なものなんてあるわけないだろうが！」

思わず、風香に対して声を荒らげてしまったのも、久原京四郎の甘さゆえ。

冷静さを欠くなどあってはならないことだが、これも致し方ないことなのだ。

そもそも久原京四郎という完成した存在には、友だちというものが組み込まれていなかった。

イレギュラーな相手にはイレギュラーな反応が起きてしまう。

だからこそ、次の風香の行動に対し、やはり俺は正常な反応ができなかった。

ぴんと伸ばした右手の人差し指を、風香は俺の唇に軽く当てた。

「――ちょっと黙ってて、きょうちゃん。それ以上しゃべったら、奪うから、くちびる」

やば、超かっこいい……。

胸の前で両手を揃えて、久原京四郎、完全降伏のポーズであった。

高まる鼓動、潤んでいく瞳、速くなる呼吸が上下させる大胸筋。

一方の風香は、凪いだ水面のような瞳でまっすぐに俺を見つめて、やだ、照れる……。

そんな風に見つめ合いながら、風香の目、頬、口元と眺めているうちに、俺はそこへ、普段の彼女にはみられないごく僅かな違和感を見出した。

——怒っている、のか？

「鮫島さんも、難しいことはわかんないけど、それでも、私のことは私が決めるんで」

俺の唇から指を離し、今度は詠美ちゃんの方をまっすぐに見て、風香は言う。

風香の介入に毒気を抜かれたのか、冷静さを取り戻したのか、詠美ちゃんはソファの背もたれに深く体を預けて、気だるげな視線で風香に向き合った。

「……こんなことは言いたかねえんだけどな、有馬ちゃん。この話はもうお前に判断できる領域を超えてるんだよ。これはアタシの親切心からの言葉だ、大人しくそこで座って、久原ちゃんに全部任せておけ。わかったな？」

聞き分けの悪い子どもを相手に諭すような口調で、詠美ちゃんは言った。

それから二人は黙ったままで見つめ合った。窓の外からはランニングをする女生徒たちの掛け声が遠く聞こえてきて、この部屋の空気を一層張り詰めたものに感じさせた。

「だから、ダメじゃん、それだと。きょうちゃんに任せたら、なんもできないじゃん、私」

それから風香は、詠美ちゃんに向けた視線を一瞬だけ俺に移した。そしてまた詠美ちゃんに視線を戻し、次の発言をするために口を開けて小さく息を吸い込んだ。

「鮫島さんは、なんで私をモデルに誘ったんですか？」

問われた詠美ちゃんは舌で唇を舐めながら風香を睨んで、問いに込められた意味を図ろうとしているようだった。しかしその思考は確たる結論にまでは至らなかったようで、肩の力を抜くように小さな息を一つついた。

「……ドレイクを確実に守る上で、久原ちゃんの存在はお誂え向きだった。だが、この捻くれ者は一筋縄じゃあ動かねえ。久原ちゃんの労働意欲を引き出すためには、わかりやすい理由が必要だった。有馬ちゃん、お前がその理由だよ」

「きょうちゃんが欲しかったってことですか、私じゃなくて」

「勘違いするなよ。久原ちゃんが例外なんだ。アタシらにとって全ての生徒は等価値で、お前であろうとなかろうと、特定の誰かを贔屓することはねえんだよ」

「きょうちゃんがいれば、私はいらない？」

「危険地帯に他所の生徒を送り込む趣味はねえ。お前抜きでも久原ちゃんが奮迅してくれるってんなら、アタシがお前を引き留める理由はねえよ」

「……そっか」

風香は詠美ちゃんから視線を外し、俯いてなにか考え始めた。

詠美ちゃんは風香が何を言おうとしているのかをそのよくできた頭で考えているようだった。

しかし、それではいけない。

有馬風香という人物の考えを探ろうとしても、俺たちには辿り着けない。


「――出るよ、コスフェス。やってやろうじゃん」


いつもどおりの顔つきと、いつもどおりの声色で、いつも以上に力強く、風香は言った。

どこかで、こうなる気がしていた。

風香は俺の思惑通りに動いてくれない。

だから、こいつは魅力的なのだ。

「お金とか、SPとか、そういうのも全部いらない。そんなのなくても、出るから、私」

「ちょっと待って、それはやめとこ？　もらえるものはもらっとこ？　絶対後悔するから、今は若さと勢いで乗り切れても、二十年後とかに今日のことを思い出して頭抱えるから」

「くちびる」

「……はい、黙ってます」

こんな俺でも、初ちゅーくらいはロマンティックに迎えたいのだった。

ごめん白上、お前が徹夜で作った資料はそのうち、紙飛行機大会とかで供養しような。

「――話にならねえ。思慮のねえ間抜けが感情任せに言いたいことを言って、それでどうなるよ。やっぱり有馬ちゃん、お前は黙ってろ。アタシと久原ちゃんの厚意を無下にするな」

「だから、そっちの事情じゃん、それも、全部。私は最初から、どうでもよかった」

「わかんねえやつだな……！　双方の事情の落としどころを図るために、みんなで協力しましょうって話してるんだろうが。誰か一人の我儘を通したんじゃあ遺恨が生まれる、そうならねえための努力に手前勝手な感情で茶々を入れんなって言ってんだ！」

「うん、じゃあ、それでいいや、条件」

ソファに預けていた背中をぴんと伸ばして、風香は言った。

「――何があっても、恨みっこなし。私も、きょうちゃんも、そっちも、みんな。それが条件」

風香が提案した条件はあまりにも無鉄砲で、無計画で、無作法で、俺と詠美ちゃんは揃って言葉を失った。

恨みっこなし。これほどまでにシンプルで難解な条件もないだろう。

条件と呼ぶに値しないとさえ言えるそれを飲み込むのに、俺たちは少しの時間を要した。

飲み込み終えた詠美ちゃんに宿ったのは、先ほどの俺と同じ諦観だった。

大きく息を吐き、眉間を指で押さえて、詠美ちゃんは俺を見る。

「……頭が痛え。こうなったら久原ちゃん、お前が決めろ。白上ちゃんが作った対等な条件か、あまりにもアタシらに有利な有馬ちゃんの条件か。まだ降りるっていうなら、日を替えて話し合いだ。アタシはもう、どれでもいい」

予期せぬ豪雨に襲われたような酷く疲れた様子で詠美ちゃんはそう言って、顔の高さまで上げた右手をひらひらと振った。

最も真っ当な選択肢は、やはり降りることだ。

目の前に見えている危険へあえて飛び込む必要はどこにもない。

次に検討すべきは白上の考えた条件。ドレイクのことを考えれば、よりこちらに有利な条件へ変更することだってできるだろう。障害を俺が排除する前提で話を進めるならば、最も実入りが大きいのはこれだ。

第三案は、検討にすら値しない。

実利主義者として、兵士として、風香の友人として、それぞれの久原京四郎が俺の中でこの案を否定している。正直に言ってしまえば、一考の価値も見いだせない。

「……やはり俺は反対だ。あの時とは状況が違う。想定される危険度も、その後の影響も」

「きょうちゃん」

手のひらで口元を覆った姿勢で考える俺の肩を、風香の指先が叩いた。

はっとしてそちらを振り向くと、風香はいつもの調子で笑っていた。

「──したじゃん、約束。私のこと、守ってくれるって」

それだけ言って、風香はすっと目を閉じた。

もう何も、自分に言うことは何もないとでも言うかのように、それは、俺への信頼に満ち溢れた仕草だった。少なくとも、俺にはそのように見えた。

──ああ、もう、これだからこいつは。

「……やってやろうじゃないか。反米派閥の武装部隊？　どうせ、正規軍を追い出されたような奴らだろう。そんな奴らに、この俺が後れをとるわけがない」

自分に言い訳をするように言葉を並べ立てながら、自分の頭を乱暴に掻く。

「風香、お前は俺が守ってやる。だから思いっきりやれ」

「うん、おっけー」

戸惑うことも驚くこともせずに、風香は答えた。

俺は風香に甘い。彼女の意思を否定することが俺にはできない。

もしかしたら、この決断が風香を危険に晒すことになるかもしれない。

しかし、そんなものは俺が振り払えばいいだけのことだ。

約束してしまったからな、何度だって助けてやると。

「お前が有馬ちゃんを――ドレイクを守ってくれるというなら、アタシに文句はねえよ」

相変わらずの気だるげな姿勢で詠美ちゃんは言う。

「それで？　条件はどうする？　ドレイクの件を踏まえて練り直すって言うならまた後日――」

「その必要はない。条件は風香が提示したとおり、何が起きても恨みっこなし、それだけだ」


俺の言葉を聞いて、詠美ちゃんは目を丸くした。

そして苛立ちと共に何かを言おうとして口ごもり、どうにかそれを喉の奥で押しとどめた。

理解の及ばない事態に直面し、なんとか冷静さを保とうとする仕草。彼女の目論見はどうやら成功したようで、大きな溜息のあと、詠美ちゃんはゆっくりと口を開いた。

「……冗談はやめてくれよ、久原ちゃん。アタシはこれでもお前をそれなりに見込んでいるんだ。だからドレイクの守りも託そうと思った。それなのに、そんなジョークを言われたんじゃあ、アタシは自分の判断が信じられなくなっちまう」

「悪いが冗談じゃない。俺は至って本気だ」

「なら理由を聞かせろ。まさか、なんの企みもなしに馬鹿げた提案を受け入れるわけもねえ。ここまで来たら隠し事はなしだ。全部言ってみせろよ」

「そこまで言うなら教えてやろう。俺が風香の肩を持つ理由はな、詠美ちゃん。

——俺は顔が綺麗でスタイルのいい女子とは良好な関係でいたいんだよ、思春期だからな」

＊＊＊

「ああ、もういいわ、なんかお前らと話してると疲れる。というか凹むわ」

呆れがいきすぎて放心状態半ばの詠美ちゃん。相互理解を完全に放棄した彼女は、ソファの横に立てかけてあったゼロハリバートン製のアタッシェケースを持ち上げて、雑な仕草でテーブルに置いた。

「これ、持って帰れ。さっさと行け、もうこれ以上お前らの顔見たくねえ」

すっかり拗ねてしまった詠美ちゃんに心の中でウインクを贈りつつ、アタッシェケースを開ける。ウレタンフォームの緩衝材に包まれて入っていたのは、俺のよく見慣れたものだった。

「M1911マークⅣシリーズ80——通称コルト・ガバメント。なるほど、悪くない」

銃の横には手のひらほどの大きさのサイレンサーが一つと、.45ACP弾が七発収まったマガジンが三本ある。

取り出した銃にマガジンを差して、重さと握り具合を確かめる。

「一応聞いておくが、これは？」

「今回の仕事をするにあたって、丸腰ってわけにもいかねえだろう。アタシら学園上層部からの差し入れだよ」

「遅いんじゃないのか？　もっと事前に用意しておくタイミングはいくらでもあった」

「マヌケ、ここはお前の母国でもなきゃあソマリアでもねえんだ。特定組織に所属していない一般人に銃を持たせるには、それなりの準備期間がいるんだよ」

　そう言って、詠美ちゃんはアタッシェケースの隣に一枚のカードを置いた。

　カードには俺の顔写真や個人情報と、ＴＭＣ社という会社のロゴマークが記されていた。

「五才星市には国から銃の特例的携行許可を得た民間警備会社が三社のみ存在する。コスフェス終了までの期間限定だが、お前は書類上そのうちの一社に所属していることになった」

　カードを手に取り裏面を見ると、そこには五才星市長と警察庁警備局の認印が押されていた。

市長はともかく、警察庁は国家公安委員会の下部組織だ。この板きれ一枚を用意するために、学園は国を動かしたということになる。相変わらず引くわー。

「言っておくが、そいつは発砲御免状ってわけじゃねえ。お前が引き金を一回引くごとに、アタシらは辞書より分厚い始末書を書かされる。流れ弾が民間人に当たってかすり傷でもつけりゃあ公僕千人の首が飛ぶ。よく覚えておけよ」

「アイアイ、マム」

「ったく、わかってるんだかわかってねえんだか」

「わかってるさ。こいつの重さは、あんたらの誰よりも俺が一番わかってる」

「……ならいい。今度こそ話は終わりだ。さっさと出てけ、アタシはこれから不貞寝(ふてね)する」

言うなり、詠美ちゃんは俺たちに背を向けてソファの上で寝転がってしまった。

少しすると小さな寝息と魘(うな)されるような寝言が聞こえてきて、たちまち申し訳ない気持ちに駆り立てられる。

「風香(ふうか)？」

「なに？」

「……帰るか」

「……あい」

俺たちの存亡をかけた世紀の舌戦は、こうして正直なんともいえない気まずい空気で終わったのだった。

なんか申し訳ないので、俺はそのうち残暑見舞いでも送ろうと思ったのだった。

＊＊＊

『はぁ!?　それで結局、実質無条件でコスフェスの参加を約束してきたんですか!?　なにやってるんですか久原（くはら）さん！　それじゃあ私の努力と分け前はどうなるのです!!』

「あー、そのうち深夜ラーメン奢（おご）るわ」

『……絶交の期間が二か月に延長されました』

それだけ言って、白上（しらかみ）は一方的に電話を切った。

二か月……そのころには気温もだいぶ下がってるし、味噌（みそ）ラーメンだな。

「ねねちゃん、怒ってた？」

「いや、今からクラブで乾杯しようって誘われたけど断っておいた」

「やべー、あがってんね、バイブス」

「おう、テンアゲだったわ」

アカデミア第一校舎棟のエントランスホールにある丸いステンレス製テーブルを挟んで向かい合わせに座り、通り過ぎる一般生徒を横目に眺める。

風香（ふうか）は先ほど自動販売機で買った紅茶のペットボトルを頭の上にかかげて、ラベルを照明に透かすようにしながら見つめている。

「きょうちゃんは？」

「ん、なんだ？」

「きょうちゃんは、怒ってる？」

「……なにか、怒られるようなことをしたのか？」

「んー、わかんない。だから、聞いてる」

「そうか。なら、怒ってないから安心しろ」

言いながら、俺は手に持った缶コーヒーのプルタブを開けて一口を飲み込んだ。

怒る、怒らない、というよりもむしろ疑問の方が大きかった。

「どうしてあんな提案をしたのか、聞いてもいいか？」

「なんか、できなくなる気がしたんだよね、息」

「……息？」

ペットボトルから視線を離し、俺の顔を見て、そこに表れている明らかな困惑を読み取った風香は、少しの間だけ目を閉じた。おそらくそれは、彼女の心の内にある形容しがたい感情を、口という門を通して現実世界へ送り出すのに必要な行程だったのだろう。

そして目を開けた風香は、テーブルにペットボトルを置いて小さく息を吸った。

「一緒じゃん。なんかもらおうとしたら、私も。それは、やだ」

「がんばったらご褒美(ほうび)がもらえるのは普通のことだと思うが？」

「そうかもしんないけど、やだった」

ふむ、つまりは美意識の問題だろうか。そうなると、正直なところ俺には理解しかねる。

利益よりも誇りを優先する生き方を、俺は教育されていない。

「あ、なんか、めっちゃお腹(なか)すいてる気がする。ラーメン食べたい」

そしておそらく風香も、俺に理解を求めていない。

何も考えていないわけではない……らしいのだが、今回に限らず、風香は自分の心情を誰かと共有するつもりが、あまりないように思える。

生まれついての性質なのか、これまでの人生で身につけた処世術なのか、しかし風香の透きとおった表情の奥にある目には見えない感情が、世間に彼女をよりいっそう魅力的に見せているのはたしかだった。

「……いいのか？　体型が変わったら、それこそスタイリストに怒られるぞ」

「んー、じゃあ、やめとくかー」

そう言って風香は腰に巻いていたパーカをほどいて、袖を通し立ち上がった。

「食べにいこ、怒られないやつ」

立ち上がったことで俺よりもいくらか目線の位置が高くなった風香の顔を見上げると、天井からの照明の光で薄い影がかかっていた。しかし、影の奥にはいつもと変わらない彼女の柔らかい笑顔がはっきりと存在していて、俺は心の片隅で小さく胸を撫で下ろした。

＊＊＊

「やっほー、お邪魔するよ」

「雪代(ゆきしろ)、お前……俺への想(おも)いが募るあまり、とうとう自宅襲撃を……」

「トレーニングルームって地下にあるんだっけ？　風香ちゃんはもう来てるんだよね、もうストレッチくらいは始めてるのかな。カウンセリングを先にやってからと思ってたんだけど、せっかく温めた体を冷やすのもよくないし、それは後回しにしようかなー」

「思考を全て口にすることでツッコミの役目を放棄するな。なにしに来た」

詠美(えいみ)ちゃんとの話し合いから一日が経ち、風香はイベント当日までの期間、体づくりを久原(くはら)家トレーニングルームで行うことになった。我が家にも一通りの設備は揃(そろ)っているし、公共の施設に通うよりも遥(はる)かに安全であろうと考えてのことである。

そしていよいよトレーニングを始めようかと思っていた折、雪代が突然やってきたのだ。

「聞いてない？　私、風香ちゃんのトレーナーになったの」

「……なるほど」

「風香ちゃんが載ってる雑誌をいくつか見たんだけど、あの子、ポージングの基礎とか視線の惹(ひ)き方とか、なんにも知らないでしょ。モデルとフィギュアが被(かぶ)る部分は多いはずだから、役に立てると思ってね、私の方から申し出たんだ」

数あるスポーツの中でも、美しさという評価軸で競い合うフィギュアスケートの世界において、雪代は強化選手の候補にも選ばれたことがあるという。

モデルとフィギュアスケート。静と動の違いはあれど、学べること、教えられることは確かにあるのだろう。それに風香は生まれ持った素質からモデルとして優秀な成績を収めているが、なにか特別な指導を受けたことはないはずだ。

雪代がなぜ風香に助力を申し出たのか、俺にはわからない。

だが、それはきっと俺の知らない彼女の事情がそうさせたのであろうと想像はつく。

だから、俺は助力の理由を雪代に聞かなかった。

聞いたところで俺には理解ができないし、俺が口を挟むべきところではないと思った。

「そうか、俺が言うべきことではないが、よろしく頼むよ」

「うん、まかせてっ！　……おしっこが真っ赤になるくらいまで徹底的に扱きあげるから」

……口を挟むべきところではないけれど、手心くらいは加えてやってね？

＊＊＊

合流した二人は、特に雑談に興じることもなく真面目な空気でトレーニングを開始した。

風香が真面目にトレーニングをするという図は、俺の目にはかなり意外に映った。

俺の知る限り、風香は研鑽という言葉から最もほど遠い人間だ。

なにせ、有馬風香はそのままで十分に完成されている。

あるがままでいることがなにより美しい。

その彼女が鍛えるというのは、違和感すら覚える出来事だった。

詠美ちゃんとの会話やコスフェスを取り巻く事情を通して風香の中でなんらかの変化が起きたのか、それともたまたま、なんとなくトレーニングなるものをしてみようと風香が思いついたのか、俺にはわからない。

しかし、努力自体は否定するべきことではないし、やる気に水を差すのも野暮であるので、俺は風香の心変わりの真意について、なにも聞くことはせずにいた。


初日ということで、柔軟体操や基礎的な筋力トレーニングから始めるらしい。

はじめのうちは笑顔を残していた風香も、雪代の真剣さに当てられてか、そもそもの余裕を失ったのか、次第に額から流れる汗に微笑みを奪われていた。

「はい、じゃあもう一回。腹筋を意識しながらゆっくり体を戻して……そこで一五秒キープ。これは全部で三セットやるけど、途中で床に背中をつけたり、速度が上がったらその度に一セット追加するから、そのつもりでがんばってね」

「……きっつ」

「声を出す余裕があるんだね。じゃあ、上から肩を押さえるよ」

「待って、みっ、みやちゃ、これ、ほんとにしんどい……んっ……！」

なんだろう、いけないものを見てるみたいでドキドキするな……。

苦悶の表情を浮かべる風香の上から、冷たくサディスティックな雪代が覆いかぶさるように肩を掴んで、どうしよう、ちょっとくらいお金を払った方がいいのだろうか。

「久原くん、見てる暇があるならEAAを用意してもらってもいいかな」

「すまん、今はインド経済の今後について考えを巡らせている最中なんだ」

「それ以上そこにいるなら、SNSと久原くんの連絡先を全部ブロックするよ」

「任せておけ、他に頼みはないか？　風呂も沸かしておこう」

颯爽と立ち上がり、俺はトレーニングルームをあとにする。しかし、後悔はない。

俺の家、俺の空間、俺のトレーニングルームであのような素晴らしい時間が生まれていた。

その事実が、この先ずっと戦えるだけの力を俺に与えてくれる。

「――風呂、洗っておくか」

紳士である久原京四郎は、同級生女子が自宅の風呂に入るからといって覗いたりはしない。

あらかじめ断言しておくが、我が家でラブコメ的ハプニングの一切は起こらない。

顔の良い女子二人が我が家の風呂場でキャッキャするという、この世において最も尊い時間を守るためならば、俺は地獄の鬼すらも倒してみせる。

心の中でそう強く誓いながら、俺はスポンジを固く握りしめた。

「次はウォーキング、まずは三〇分から。姿勢が崩れたらその度に五分ずつ追加していくから、気を引き締めてね」

マシンのスイッチを入れて風香が歩き出したのを見てから、雪代は俺が座っているベンチへやってきた。俺の持ってきたＥＡＡのボトルに口をつけ、二口飲む。

「初日から張り切りすぎじゃないか？　あれじゃあ音を上げるぞ」

「音を上げたら、もっとキツくするだけだよ」

メイクが崩れないようにタオルで押さえつけながら額の汗を拭き、事も無げに雪代は言う。

軍隊式の環境で育った俺にとってもスパルタは当たり前のことだが、風香はそうではない。

現に今も、少しばかり目の焦点が合っていないようだ。まだ倒れることはないだろうが、限界は近いように見える。

「むしろ今のうちから引き締めて、トレーニングっていうのがこれくらい大変なんだって教え込まないと。がんばるっていうのは、そういうことでしょ」

それは、たしかにその通りかもしれないと思った。

特に風香の場合は――意地悪な言い方をするならば――才能にかまけてサボっていた分のタイムラグがある。今から本気で努力をするというのに、人並みでは間に合わない。

どうなることかと心配もしたが、この二人は案外よい師弟関係なのかもしれない。

「あいつもよくついていってるな、少し意外だ」

「それを言うなら、私は久原くんの方が意外だったかな」

「どういうことだ？」

雪代は風香の方を見て、俺たちの会話が彼女の耳にまで届いていないことを確認してから、あらためて俺を見た。

「私は風香ちゃんが久原くんに寄りかかってるんだと思ってた。それを振り切れない、情に厚くて優しい久原くんが、可愛い風香ちゃんを構ってあげてるんだろうってね。でも、実際は違う気がするんだよね。つまり久原くんの方が、風香ちゃんに寄りかかってる気がする」

それを聞いた俺は、声に出すべき言葉が見つからなかった。

「いや、それは……」

「霧島さんの時は、久原くん、もっと関わるのを嫌がっていたじゃない？　厄介事に巻き込まれるのはごめんだってスタンスで。なのに、今回はすんなりと風香ちゃんを守るんだーって意気込んで、自分から首をつっこんだようにも見えるよ」

「……あの時とは、想定される被害の規模や状況が違う」

「別になんでもいいけど、可愛い風香ちゃんを守りたくて仕方がない可愛い久原くんと、優しい久原くんに付き合ってあげてる優しい風香ちゃんって風にも見えるなって話。どう？　思い当たる節、ない？」

それは、言い方の問題だ。

この五才星学園には危険なトラブルが数多くあり、俺はそれを取り除くための力を持ち、風香には力がない。ならば、友人として彼女を守るのは当然だろう。

それに恣意的なベクトルをつければ、雪代が言うとおり俺が風香を守りたがっているようにも確かに見える。しかしやはり、それは穿った見方なのだ。

「久原くんは、風香ちゃんにはトラブルを解決する能力がなんにもない、可愛い困ったちゃんでいて欲しいと思ってるんじゃないの？」

「いや、だがそれは……」

「じゃあ今回の件で、一度でも風香ちゃんが霧島さんみたいに助けてって言った？　言ってないよね？　勝手に久原くんが出しゃばってきただけだよね？」

「…………」

「黙ってないで、久原くん……久原くん？」

「……わかんない、やばい、泣きそう」

「久原くん!?」

自分の気持ちの居所がわからないし、自分の行いが風香の尊厳を傷つけていたのかもしれないと思うと、だんだん情緒が不安定になってきた。

ちなみに久原京四郎は情緒が不安定になることもなかったので、こういう時の対処法もよくわからない。八方ふさがりだ。

「俺、出しゃばってた……？　余計な事したの？　僕、いらない子……？」

「うわあ、めんどくさ……」

「めんどくさいって！　宮古ちゃんが僕のことめんどくさいって言った！　やっぱりいらない子なんだ！！！」

「あー、ごめんごめん、めんどくさくないから、ね」

大きく溜息をついて、あおるようにＥＡＡを飲んでから、雪代は手櫛で髪を整えた。

「話を変えようよ、ね、うん、そうしよう。私が悪かったから」

「うん、そうする……」

「ずっと気になってたんだけど、二人って付き合ってるわけじゃないんだよね？」

「それは……ちょっと待って、水飲む」

「はいはい、落ち着いてから答えてねー」

ペットボトルの水を口に含み、何度か噛むようにしてから飲み込む。

それを二、三度続けて気持ちを落ち着けてから、空っぽの口を開いた。

「……ふう、俺と風香はそういう関係じゃないよ、ただの友だちだ」

「あれだけ仲良しなんだから、付き合っちゃえばいいのに」

「俺にはもう、お前という大事な人がいる」

「ごまかしてないで、ホントのところは？」

「付き合うとか……ちょっと恥ずかしいし」

「うわキモ」

「言葉には気をつけろよ。お前の発言ひとつでこっちはいつでもまた情緒不安定になれるんだ」

だって、女の人とそういう関係になったことないし、そういうの、よくわからないっていうか……。やっぱり恥ずかしいっていうか……。

「そのわりに、私には変なことばっか言ってくるよね。万が一、それで私が本気になったらどうするつもりなの?」

「その時は家でパーティを開くつもりだ」

「怖すぎる……。要するに、何を言ってもそれで私が靡くことはないってわかってるから、久原くんは安心してふざけられるってことだね」

「やめろ、はっきり言われると本気で恥ずかしい」

もはや誤魔化すこともできなくなった俺に呆れた表情を向けてから、雪代は溜息をついて、両足をふらふらと揺らした。すでにバレている隠し事をする子どもに対してもどかしさを露わにするような仕草。

やはり、こいつは人をよく見ている。

おそらくは共感能力が高いのだろう。それに頭の回転の速さが相まって、本質に極めて近い部分を見抜いてくる。その能力については、他人に対する理解を半ば諦めている俺よりも高い数値を叩きだすかもしれない。

「久原くんが今までどんな生活をしてきたのかは知らないけど、ずっとそれを続けるのは難しいんじゃないかな。そうやって、人と距離を保ったままでいるのは」

「む、俺は極めてフレンドリーな人間だろうが」

「自覚なしか、重症だね」

そう言って、雪代は立ち上がった。

「じゃあ、ひとつだけアドバイス。私もよくわかってるわけじゃないけど、風香ちゃんのことをただの可愛い良い子だって、あんまり信じてると後悔するよ。——たぶんね？」

＊＊＊

二人のトレーニングをしばらく見届けてから、俺は地上へ上がって裏口から外へ出た。

最寄りのコンビニでガムテープとビニールロープを買い、遠回りしながら家へのルートを辿る。目の前には大きな公園があり、円形のちょうど反対側に我が家がある。

風香たちは今日から我が家でトレーニングを始めるということで、部屋を借りる時間の余裕はなかったはずだし、屋上にあがれる物件は限られるし、たぶんこのあたりに……。

適当に目星をつけた雑居ビルに入り、エレベーターから最上階へ、さらにそこから階段を上がっていくと、屋上扉の南京錠が外れていた。うむ、ビンゴである。

身を屈め、音を立てないようにしながら屋上へ侵入する。周囲を窺うと、縁に身を隠すようにして男はスコープを覗き地上を眺めていた。

——エンリケだ。やはり、奴は風香と雪代の行動を監視していた。

「よお、暑くないのか？」

「暑いに決まってる。しかしこれも仕事だ。……ああクソ、早くビールが飲みたい」

「美人の女子高生を眺めながら飲むビールはさぞかし美味かろうな」

「前に痛い目に合ってから俺はずっと年上趣味……って、うおおおっ！！！」

スコープを放り投げ、体勢を崩しながらエンリケは勢いよく振り返った。

右手が腰へと伸びて、ホルダーに差さっていたベレッタを引き抜いた。

さて、こんな風に話し相手から唐突に発砲されそうになったという経験が、皆さんにもあるのではないでしょうか？

和気あいあいとした空気が唐突に修羅場へ一変すると、びっくりしちゃいますよね。

さあ、ここで毎度好評をいただいております、久原京四郎の拳銃対処マニュアルのコーナーを始めたいと思います。それではいってみましょう。

今回はとっても簡単、なんと片手が空いていれば大丈夫です。

もう片手はＳＮＳを更新するもよし、お菓子を食べるもよし、存分に個性を発揮しましょう。

まずは真正面から銃口に手のひらを押し当て、スライドを少し動かしてやります。

ショートリコイルの銃はスライドを下げられると内部のディスコネクターやシアがどうとかこうとかで、弾が発射できなくなります。

これをミスると射殺されるので気をつけましょう。すごく痛いです。

続けて、相手がびっくりしている間に銃を上から包むように持ち、照準を自分から外します。

次に、グリップ付近にあるリリースボタンを押して弾倉を抜きましょう。リリースボタンの位置は銃によって違うため、詳細な位置についてはメーカーまでお問い合わせください。

弾倉を抜けば大丈夫だと安心しそうになりますが、オートマチックピストルは構造上、発射後に次弾が自動で装塡されるようになっているので、本体内部に弾が一発残っています。

なので、これもさくっと処理してしまいましょう。

トリガー上にあるレバーを押してから、スライドを手前に引き抜きます。

これでフレームからバレルとスライドが分離され、射殺される危険がなくなりました。

以上で作業は完了です。とても簡単でしたね。

皆さんもご友人に射殺されかけた時には、ぜひ試してみてください。

以上、久原京四郎の拳銃対処マニュアルのコーナーでした。


「――ふう、今回もあまりに迅速かつ完璧な対応だったな」

「だから一体なんなんだ君は！　人が持ってる銃を瞬時に解体するとか、もうまともな人間の技じゃないだろう！　常識の範疇で戦え！」

ガムテープとビニールテープで両手を拘束されたエンリケは芋虫のように藻掻きながら文句を吐いている。

「じゃあお望みどおり、まともな人間のやり方で対処をしようか？」

転がるベレッタのパーツを拾い、組み直す。

横たわるエンリケの体に腰かけてからマガジンを差し込み、スライドを戻して、銃口をエンリケの額に押し当てる。

瞳孔を大きく開かせたエンリケの視線が額にむけられ、次に俺を見た。

脂汗に塗れた額で滑った銃口を正しい位置へ直し、安全装備を外したところで、唾を飲み込んだエンリケの喉仏が上下に動く。

「――冗談だ。俺だって、殺しなんてしたくはない」

もう一度分解した拳銃のパーツを捨てて俺は立ち上がった。

屋上の隅に打ち捨てられていた、日焼けしてプラスチックが変色している椅子に腰かけて、足を組み、エンリケを見る。エンリケはのたうつように体を動かし、縁に背中を預けるようにして胡坐の体勢を取った。

「……君はいったい何者なんだ。部下を制圧した時の手際といい、素人ではあるまい」

「日常的な拳銃の解体を趣味としているだけの一般人だ」

「そんな奴(やつ)がいるか。……だが軍人ではないな。個人での作戦行動に慣れ過ぎている」

少しの間考え込むように俯(うつむ)いてから、エンリケはもう一度俺を見た。

「――戦争屋(PMC)か。はした金で命を奪う、下品な人殺しめ」

「ううむ、あまりにも的を射た罵倒に返す言葉も見つからんな」

「なるほど、俺の部隊は正義のない銃弾に敗れたのか。これほどの屈辱もない」

「弾を飛ばしているのは正義じゃなくて化学反応だって、勉強になっただろう？」

エンリケに俺の正体がバレるのは時間の問題であるとわかっていたし、正体がバレればこんな対応を取られることも、やはり想定済みだ。

どこの国からやってきたのかは知らないが、エンリケは反米派の組織に属する武装部隊の一員だという。

世界のため、故郷のため、家族のため、思想のため、飲み水のため、様々な目的で体制を打倒しようとする彼らからすれば、一日いくらの報酬で人を殺す俺たちはさぞかし汚らわしい存在に見えることだろう。

まあ、俺もまた彼らのやり方に心底理解ができるわけでもないから、おあいこなのだが。

銃を取るのに大層な理由が必要だと、俺には思えない。

相互理解は、やはり不可能なのだ。

「ホワイト・ファルコン社、武装警備隊レイザーバック班所属、久原京四郎だ。改めて今後ともよろしくどうぞ」

「ホワイト——君ほど若く才能に溢れる人間が、愚かにも資本主義の首輪に繋がれるのか」

「あー、説教？　それとも勧誘か？　ウォーターサーバーか野球のチケットはついてる？」

「黙れ、薄汚い言葉を私にかけるな」

「お前らが今すぐ空港で土産を買って故郷に帰るならそうするさ」

スマートフォンを取り出して、エンリケの顔を写真で撮る。

それをホワイト・ファルコンのスタッフへ送ると、すぐにメールが返ってきた。

「エンリケ・S・マッケロイ。オレゴン州出身、幼少期から極左主義者の叔父カルヴィン・マッケロイの影響を受けて育つ。ピッツバーグ大学を卒業後、米国陸軍第七五レンジャー連隊に所属。その後、反米派テロ組織との内通が発覚し軍を追われるも中東へ亡命、以後は反米派組織の武装部隊一個小隊の指揮官として活動し、国際指名手配を受ける」

視線を上げると、忌々しげにこちらを睨みつけるエンリケと目が合った。

「そちらも、随分と輝かしい経歴じゃないか」

「——自身の信念と正義に従った結果だ。恥ずべきことは何もない」

「じゃあ銃を片手に女子高生のケツを追い回すのも、大義のための誉れある仕事ってわけだ」

「っ……ああ、そのとおり。我々の信念の前に立ちはだかるのなら、たとえ武器を持たない少女であろうとも、我々は全力で打倒する。それが、我々の為すべきことならば」

その割には無傷で風香を捕らえていたあたり、随分と軸のブレた信念もあったものだ。

これだから、こういう人種は理解できない。

「……もう一度だけ言ってやる。エンリケ、この件から手を引け。俺がいる限り風香に手出しはさせないし、お前たちの作戦は失敗に終わる。次は、引き金を引く」

椅子から立ち上がり、尻についた埃を払う。

俺が視線を外している間も、エンリケはずっと俺を睨んでいた。

「相手が誰であろうとも私は立ち止まらない。私だけでは君に勝てないというのなら、仲間を集め、武器を揃える。私の正義がこれまで踏みにじってきた多くの犠牲を前にして、後退する権利など私は持っていないのだ」

そう宣うエンリケの表情には、自らの正義を疑う心のかけらも見て取れない。

一方で立ち上がりエンリケに背を向ける俺は、自らの正義なんてものを信じておらず。

だから、正義はおそらく俺ではなくエンリケにあるのだろう。

ただ、正義なんていうものが人に力を与えないことも、万人を幸福な未来へ導くものでないことも、何より久原京四郎に不必要なものであることも、俺は知っている。

屋上の扉を開け、踊り場に片足を踏み込んだところで、俺は久原京四郎として振り返る。

「熱中症に気をつけろよ、エンリケ」

最後にそれだけ言って、扉を閉める。

固い鉄の扉は、けして相容れることのない俺たちの居場所を明確に隔てていた。

＊＊＊

家に帰ると風香のウォーキングが一段落つき、二人が小休止に入ったところだったので、俺は一階へ上がって簡単な料理を作ることにした。

ほぐしたささ身をレモンとネギに和えていると、玄関のベルが鳴った。洗った手を拭き、扉を開けると、そこには霧島と梶野が立っていた。

梶野は柔和な笑みを浮かべて、霧島は梶野の背中に隠れている。

どうやら霧島はまた人見知りのモードらしい。

「こんばんは。……あはは、久原くんは背が高いから、出てくるとびっくりするね」

「二人とも、どうしたんだ？　何か用か？」

梶野はそう言ってから小さく会釈をした。

「えっとね、風香ちゃんが久原くんの家でトレーニングをしてるって聞いて……あっ、聞いたのは紗衣ちゃんで、このお家の場所も、紗衣ちゃんが教えてもらったの。ねっ？」

梶野が振り向くと、話を振られるとは思っていなかったのか霧島は肩を小さく震わせてから頷いた。なんだこの小動物。かわいいな、おい。

「そうか。風香なら地下にいる。大したもてなしはできんが、上がっていけ」

二人を家に上げると、梶野はそそくさと地下へ向かっていった。

なんでもコスフェスに八百長の噂があると聞きつけた梶野は、その噂を風香に伝えに来たらしい。梶野の表情に浮かんでいたのは運営への不信感で、すでにトラブルに遭った風香を心配していたようだった。

その様子からは、八百長の結果に優勝するのが《息吹》であるという偽情報にも、その裏で決まっているグランプリ受賞作品が《ダイアリー》であるという真相にも、まだ彼女が辿り着いていない事実が読み取れた。

だからそのことについて心配することはないのだが、はっきり言ってめちゃくちゃ気まずい。

同席する雪代の心境は察するに余りあるし、考えたくもない。

どのくらい気まずいかというと、なぜか無言のまま並んでキッチンに立っている俺と霧島の現状くらい気まずい。


「…………」

「…………」

え？　なに、この状況。

どうして紗衣ちゃんが俺の家でほうれん草とベーコン入りのオムレツを作っていて、深刻そうな表情でちらちらと俺の顔を窺ってるの？

「……あの、で、できたけど」

「あ、ああ、それはこちらの皿によそって、ラップをかけておいてくれ」

「…………」

無言のまま、綺麗な半月型のオムレツを皿に移す霧島。ベーコンとほうれん草が織りなすまだら模様が実に食欲をそそる素晴らしい出来である。

「き、霧島も風香に用事があったんじゃないのか？　それとも梶野の付き添いか？　俺に構わず、お前も地下へ行っていいんだぞ？」

「……わ、私がここにいるのは……気まずいかしら」

正直に言ってめちゃくちゃ気まずいです！　口には出さないけど！

「馬鹿を言え、俺とお前の仲だろうが。気まずいなんてそんなこと、あ、あるわけなかろう」

「そう、それは、よかったわ」

ラップをかけながら霧島はそう言って、それからしばらく無言のままでじっと皿を見つめていた。どうやら俺に話があるようだが、待っていても口を開く気配はない。

「……料理はそこまででいい。コーヒーを淹れるから、テーブルで座って待ってろ」

マグカップに二人分のコーヒーを淹れて、互いの席の前へ運ぶ。

ダイニングテーブルの隅に置いていた角砂糖の小瓶と、冷蔵庫から持ってきた牛乳のパックを近づけてやると、霧島は角砂糖を三つとたっぷりの牛乳をマグカップに入れた。

カップを両手で持ち、ベージュ色に染まったコーヒーへ息を吹きかけ、ゆっくり含んだ一口分を霧島がしっかりと飲み込んだのを見届けてから、俺もブラックのままのコーヒーを少しだけ飲み、口を開く。

「それで、俺に話があるんだろ？」

《わかりますか？》

料理中は手放さざるを得なかったスマートフォンを取り戻した霧島は、先日と同じようにメモ帳アプリをつきつけての会話を始めた。

「話があるのはなんとなく察しがつく。だが内容まではわからん。だから、言ってみろ」

《じゃあ、先にお願いしたいことがあるのですが》

「うむ、遠慮なく言ってみろ」

《申し訳ないのですが、強気な態度を控えてもらえると嬉しいです。萎縮しちゃって……》

め、めんどくせえ……！

「……すまん、気をつけるが、これぱっかりは性格だからすぐには直せん」

《難儀な性格ですね……》

お前にだけは言われたくねえって言ったら顰蹙（ひんしゅく）を買うだろうか。

買うだろうな、白上（しらかみ）あたりから。厄介ファンのついた人気者もまた厄介である。

《あなたのことについて聞きたいのですが》

「なるほど。お前に対しては隠すこともない。やはり遠慮せずに言ってみろ」

表向きには五才星学園（ごさいせいがくえん）の劣等生となっている俺だが、先の事件で霧島（きりしま）には素性（すじょう）が割れている。今さら取り繕うほど、久原京四郎（くはらきょうしろう）は間抜けではない。

《あなたは、軍人なのですか？》

「正確には軍人ではなく、主に国家や要人を顧客として活動する民間軍事会社（プライベートミリタリーカンパニー）所属の会社員だ。細かいことを言い始めるとズレが生まれるんだが、傭兵（ようへい）だと思ってくれていい」

馴染（なじ）みのない言葉に霧島は戸惑うような、考え込むような仕草を見せて、それから再びスマートフォンの画面を指で叩（たた）いた。

《なら、色んなところで戦ってきたのですか？》

「そうだな。一口にＰＭＣといっても、仕事は警護・戦闘・救助・後方支援など多岐にわたるが、そういうこともする」

再び黙り込む霧島。いや、ずっと黙ってるんだけど、これは精神的というか親指フリック入力的な意味での沈黙で……ああ、どうにもややこしい！

しかし今度の沈黙は、先ほどのような内容の理解に時間を要した事によるものではなかった。沈黙の理由はまさしく霧島の躊躇(ためら)いであり、それは次に霧島が見せてきたモニターの文面が雄弁に語っていた。

《では、あなたは人を殺したことがあるのですか？》

「…………」

ふむ、なるほど。ここが本題か。

確かに気になるだろう。

自分の目の前にいる人物が、もしかしたら人殺しかもしれない。

それは日常生活を送る上での脅威であり、明確な恐怖だ。

他の奴(やつ)らが偶然聞いてこなかっただけで、当然の質問と言える。

だがしかし、どう答えたものか……。

「……俺の家はな、俺の四代前、曾々爺(ひいひいじい)さんの代からずっとこの稼業をしていた。思想や主張のためでなく、金のために戦争をやりにいく人でなしの家系だ。俺の祖父(じい)さんは、俺が生まれるよりもずっと前にイラクでヘリに撃たれて死んじまった」

俺の言葉を聞いて、霧島は俯(うつむ)いたまま肩を震わせた。

感受性が豊かなこの少女には、少々酷な話だろう。

「いくつかの紛争には俺も参加した。あとはテロや犯罪の鎮圧、撃ち合いが発生する警護任務もあった。……こんなところでいいか？　あんまり楽しい話題でもないだろう」

「………」

霧島はスマートフォンをテーブルに置き、代わりにマグカップを両手で包むように持った。マグカップを持った両手の指がゆっくりとミルクガラスの表面を撫でて、その落ち着かない様子が彼女の混乱をよく表していた。

「その……こんなことを言ったら、とても失礼なのかもしれないけれど」

霧島の声を、俺は随分と久しぶりに聞いたような気がした。

スマートフォンを置いたのはおそらく、これから口にする言葉は自分の声で伝えるべきものだという、彼女なりの責任感による行動だったのだろう。

マグカップに口をつけて、残った躊躇いをコーヒーで流し込んでから、霧島は俺を見た。

「——辛い生き方を、してきたのね。あなたは、がんばったのね」

その言葉に俺は驚き、何を言うべきかわからず、爪の先で額を掻いた。

そうだ、こいつは人とは違う、こういう感受性を持った女の子だった。

「ねえ、答えにくかったら答えなくてもいいのだけれど……それをする時は、どんな気持ちなの？　あなたは、どう思うの？」

酷な質問だ。しかし、悪気があってのことではないだろう。

おそらく彼女は、俺を知ろうとしているのだ。

「――はじめての時は、腹の中のものを全部吐いた。それから一週間なにも食えなくて、脱水症状と栄養失調で死にかけたよ」

「今はもう、平気なの？」

「ああ、今は大概二日で収まるし、体も慣れた」

これは恥だ。久原京四郎の不完全性であり、他人に話すことではない。

弱みを見せるなど、本来あってはならないこと。

だが、こいつはただの友だちだから、それをしてもいいのではないかと、完全であるべき久原京四郎の不完全な部分が、そう思ったのだ。

霧島は泣きそうな顔で、またマグカップに視線を落とした。

カップを強く握る霧島の指先は白く変色して、コーヒーの表面に小さな波紋が起きている。

それはしばらくの間、止まることをしなかった。

「これは、あなたに対してとても失礼で、おこがましいことなのかもしれないのだけれど……」

言い淀んで、俺の顔を窺うように覗いて、十分すぎるほどの躊躇いのあとに、霧島は意を決したように背筋を伸ばし、いよいよ真正面から俺を見つめた。

「——どうか、この街にいる間、あなたは誰も殺さないで。誰も殺すことのない、私の大切な友だちでいてください」


指先で少し触れれば壊れてしまいそうな不安と恐れに満ちた表情で、霧島はそう言った。

彼女の言葉を聞いて、どんな顔をすればいいのか俺には分からなかった。

それでも、どうにか俺は笑顔を作り上げることに成功した。

「安心しろよ、霧島。今ここにいるのは、アカデミア最低の落ちこぼれで、実はちょっと頼りがいのある、ただの俺だから」

俺の言葉を聞いて、霧島はほんの少しだけ安心したように表情を和らげて、マグカップを持つ指先からも力を抜いた。

これは半分が嘘で、もう半分が誓いだった。

久原京四郎は、本当に必要ならば躊躇いなく引き金を引くだろう。

そのように育てられて、そのように完成したものだから、当たり前にそうする。

しかし霧島の言葉は、できる限りその瞬間を遠ざけるための意志を俺に与えてくれた。

それは俺にとって、ある種の救いだった。

「さあ、冷める前にコーヒーを飲み干そう。もう少しすればあいつらも上がってくるから、それまでにまた料理の残りを手伝ってくれ」

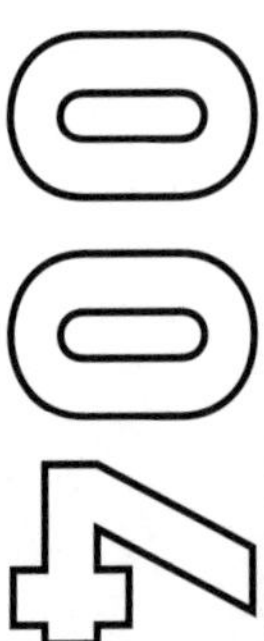

SCHOOL=PARABELLUM

はい、皆さんこんにちは、久原京四郎です。

風香と雪代のトレーニング開始、そして霧島との約束から一週間ほどが経ちました。

俺としてもね、これまでのデンジャラスでデッド・オア・アライブな生活からは心機一転して、安全第一のハートフルな日常を心がけていきたいなと。がんばってハッピーなライフを作り上げていくぞと、それはもう意気込んでいるわけなんですけれども。

「お客さん！　なんですかアレ!?　もうシッチャカメッチャカに撃ってきてるんですが！」

「アレが何かを考えるより、この修羅場を生き残る方法を考えろ」

「今すぐお客さんに降りていただくのがいいと思います！」

「なるほど、前向きに検討しよう。ほら、もっとスピード上げて」

現実は厳しいもので、ただいま絶賛命がけのカーチェイス中です。

いやはや、平和とはなんと得難いものであろうか。

チェイスの状況を解説すると、我々の後方からはご存じエンリケさん御一行が迫っており、さらにその後ろにはたくさんのパトカーに乗ったお巡りさんがいらっしゃいます。

つい今しがたどこぞの警備会社を襲撃して最新の装備を手に入れてきたらしい御一行は、ばりばりの装甲車両で俺の命を狙っています。

残った構成員との市街戦を避けるためとはいえ、先日通報せずに逃してやったことの礼を言われるならまだしも、襲われる謂れはないのだが。

助けてやったんだからもっと感謝しろ。どうせ戻ってくるなら美女になって機を織れ。

とにもかくにも、一人で買い出しをしている最中、偶然にも警察から逃走するエンリケたちに出くわした久原京四郎は、さすがに徒歩では逃げ切れまいと、すぐ近くに停まっていたタクシーに乗り込んだわけであります。

そして後部座席に転がり込んだ久原京四郎が携帯していたハンドガンをつきつけて「命が惜しければ奴らを撒け」とタクシー運転手に心を込めたお願いをして、今に至ります。

ということで現在は見知らぬ運転手さんと二人、楽しい逃走中なのでございます。

「おわあ！　爆発した！　お客さん、なんか後ろで爆発しましたよ！」

「あー、あれはたぶんＲＰＧだなあ。ＲＰＧっていうのは対戦車グレネードランチャーでね、お値段の割に威力が高くって、この車くらいなら当たれば一発で紙吹雪になっちゃうんだわ」

「ご丁寧な解説ありがとうございます！　お代は結構なので降りてください！」

エンリケたちが乗る装甲車両のさらに後方で爆発音と共に黒煙が上がる。

次いで混乱の中タンクローリーが横転し、火花と漏れた燃料が車道に炎の壁を作り出した。

「はは……なんだか気分が上がってきましたよ……。今ならなんだってできる気がします……」

ヤバい方向にキマりはじめた運転手——ネームプレートによれば橋本さん——を横目に見つつ、身を捩りながら助手席へ移動する。

橋本さんが楽しそうなのは何よりだが、状況は笑ってばかりもいられない。後続の装甲車両が二〇メートルほどのところまで距離を詰めてくる。そろそろマジメに逃げるタイミングだ。

「ハンドルとサイドブレーキを借りるぞ。アクセルはそのまま、三つ数えたらブレーキを軽く踏め——三、二、一、今だ」

ブレーキがかかり車体が前のめりになったタイミングに合わせて右にハンドルを切り、サイドブレーキを引く。リアタイヤが滑り、急旋回をはじめた車体の鼻先が高速道路の入口へ向けられる。タイヤの焼けた臭いが開いた窓を通って鼻腔に入り込む。

「あはははは！　すごい！　すごいぞ！　見てくださいよ、ミニミニ大作戦だ！　僕は今、憧れのキャノンボールの中にいるんだ！　マリオン・コティヤールが僕を待っている！」

「はい、ブレーキ戻してー、アクセル踏んでー。ミスったら事故って死ぬからがんばってー」

サイドブレーキを戻しながら指示を出し、暴れる車体を片手で握ったハンドルをさばくことで制御する。

助手席に座った状態でのドリフトはさすがの俺も初挑戦だったが、やればできるものである。

タクシーは速度を落とすことなく高速道路に入り、車列に交じった。

こちらはどこにでもいる個人タクシーだ。一度見失えば、もはや追跡は困難だろう。

「いや、巻き込んで悪かった。だがあんたのおかげで助かったよ」

「思い出した……そうさ、僕はつまらない日常から抜け出したくて、サラリーマンをやめてタクシードライバーになったんだ……！」

「おーい、橋本さんや、もう大丈夫だから戻ってこい」

「僕の人生に必要なのはきっかけだった、自分の殻にこもって生きるなんて馬鹿げてる……！」

「ああ、まずい人の開けてはいけない扉を開いてしまった。帰ってこい橋本さん、デニーロ系タクシードライバーの行く先には破滅しかないぞ」

目つきと呟く言葉こそ不穏なものの、橋本さんの運転は意外にも落ち着いていた。おそらく日々の安全運転精神の賜物だろう。

とはいえ橋本さんが接客の心まで取り戻すにはまだしばらく時間がかかりそうだ。

背もたれに体を預け、忘れていたシートベルトをつけたところで、スマートフォンにメッセージの通知が届いた。

画面を見ると、風香から送られてきた三件のメッセージが表示されている。

『一四時』『ナタリー集合で』『よろ』

時刻は一一時を過ぎたところで、提示された待ち合わせ時間までは十分な余裕がある。

しかし、問題はそこではない。

「そうだ……このまま腕時計を投げ捨てて、行ける場所まで走ってみよう……！　この道の先にはきっと、僕だけの真のアメリカがあるはずなんだ……！」

隣で完全に覚醒してしまった映画好きの運転手に自分の仕事を思い出させることは、装甲車両から逃げるよりもよほど難しそうだった。

＊＊＊

どうにか本来の自分を取り戻した橋本さんと別れを告げた俺は、早く着いてしまった待ち合わせ場所で昼食をとることにした。

風香が指定したナタリーというのは五才星市の繁華街にある喫茶店で、値段の割に量とカロリーの少ない料理と、どう考えても飯を食うのには向いていないエスニック風の洒落た内装が女子高生に人気の店である。

飯を食っているだけで腰を悪くしそうな低さのローテーブルに置かれた料理を食べ終えてスマートフォンを弄っていると、誰かが俺の肩を叩いた。

「どこぞのヤクザもんがミカジメ料でもせびりに来ているのかと思ったぞ、久原」

振り返ると、そこにいるのはアカデミア最年長講師にして分子生物学の権威であらせられる、我らが本間教授だった。

水色のラルフローレンのポロシャツにベージュのスラックスというラフなスタイルに禿げ頭の光る本間教授は、特に断りもなく俺の正面のソファに座った。

「今日も俺の講義をサボった奴がこんなところでなにしてる。あれか、ピコピコか」

「いえ、仮想通貨の価格変動をチェックしてました」

「講義をサボって真面目なことをするな。ピコピコやっとれ」

「横暴な怒り方だなあ……。教授こそどうしたんです、この店、全面禁煙ですよ？」

──おそらくは手癖で──ポケットからハイライトの箱を取り出しかけていた本間教授は、気まずそうに箱をポケットの奥へ戻した。

「午後から近くで会議があってな、その前に立ち寄ったんだ」

「エスニック料理って見た目の割に塩分ヤバいから血圧に気をつけてくださいね。ちゃんとお薬持ってます？　他人がわかるところに緊急の連絡先あります？」

「人が倒れた時の心配をするな。柄に合わんのはわかってる。……近々孫が会いに来る、お前と歳の近い女の子だ、あの子の好きそうな店に連れていってやりたいと思ってな」

「なるほど、いい話じゃないですか」

「おじいちゃんは若者の感性についていけてるって思って欲しい」

「一気に残念な話になりましたね」

教授はやってきた店員に慣れた様子でホワイトティーを注文した。

おそらくはしっかりと予習をしてきたのだろう。渋い見た目の割に可愛い人だ。

店員が去ったあと、教授は他の客や店内の雰囲気を物珍しそうに、どこか落ち着かない様子で眺めていた。

「そういえば、あれ？　教授ってお孫さんがいるんですか？」

「なんだ、俺の年齢なら珍しいことじゃあるまい」

「以前、人生から女を捨てて学問に身を投じた、みたいなことを仰っていた気がしたので」

学問に魅入られて七〇年、俗的な幸せを打ち捨ててきたからこその今がある、というありがたいお説教を、俺は確かに聞いた気がする。背中で語る粋な男の口上を。

「あれですか、ホントは性欲を捨てきれなかったけど、若者の前だからイキったんですか？」

「寿命なげうってでもぶん殴るぞ」

離婚したんだよ、ずいぶん前に——そう言って本間教授は、煙草の吸えない口元の寂しさを紛らわすように皺の多い指で顎を撫でた。

「……離婚した、ではなく離婚を迫られて合意した、では？」

「デリカシーゼロか、本当にぶん殴るぞ。……だがまあ、そんなところだ。誰かと生きるというのに、俺は向いていなかったんだな。こうして孫のご機嫌取りをしているのは、世代を跨いだ我が子への贖罪のようなものかもしれん」

店員が運んできたホワイトティーの入った耐熱ガラス製カップに唇をつけて、想像していた味と違ったのか、僅かに眉を潜めてから教授はカップをテーブルに置き直した。

「それで久原、お前はどうしてこんなところにいる。柄に合わんという意味では、お前も俺と大差なかろうに」

「待ち合わせですよ。ほら、以前に教授も会った、あの子と」

「……ああ、あのやけに別嬪なお嬢さんか、なるほど」

視線をやや上の方に向けて、記憶を辿るような仕草を見せたあと、教授は考え込みながら親指と人差し指で鼻の稜線をなぞるように撫でて、俺を見た。

「あのお嬢さんは、お前の恋人ではなかったんだったか」

「ええ、良い友人です」

「そうか……」

以前も教授は同じ質問をして、同じような態度を見せた。

その時の教授は、風香が俺にとって、思いを一心に傾けるべき相手であったならばよかったのにと、そんなことを言っていた。

あの時と同じような態度で、今も同じことを思っているのだろうか。

しかし、たとえそれを言われたとして、俺の答えもまた、あの時と同じになるに違いない。

「――その、なんだ。お前くらいの年齢なら多少奔放になるのはわかるが、避妊はしろよ」

「セフレじゃねえよ。なんださっきから、やっぱり性欲有り余ってるじゃねえか色ボケじじい」

「いや、これは老婆心からの忠告だぞ？　俺も学者をやって長いが、人生で一番頭を回転させた瞬間はいつかと聞かれたら『生理がこない』と言われたあの時をおいて他にはない」

「あー、聞きたくなかった。割と尊敬してた大人の生々しい性事情とか聞きたくなかった」

「若き日の油断が、今の俺をこの店に連れてきた……後悔は先に立たんぞ、久原……」

「しっかりと責任は取られたんですね、安心しました」

思い出してしまったナイーブな過去を再び記憶の奥底へと押し流すように、教授はホワイトティーを一息にぐいと飲み干した。それから気恥ずかしそうに毛の生えていない頭を爪の先で搔き、こちらを見る。

「人よりも歳を食って、少しばかり権威だなんだと持ち上げられたところで、俺も人の子ということだ。さざれ石などと大層ありがたそうに人は呼ぶが、あれも所詮は石ころよ」

近づいてきた店員がホワイトティーのおかわりを勧めてきたが、教授は左手を上げる仕草と小さな会釈でそれを断った。

「お前は鮫島を知っているか？」

「ええ、まあ、人並みには」

詠美ちゃんと俺の関係については、俺の出自の情報に繋がりかねない。適当に言葉を濁す。

「あまりにも出来がいいせいで忘れそうになるが、奴とて、二十歳を待たずともただの人だ。飯を食らえば糞をして、いつかは自棄になり酒に溺れて吐くこともしよう」

「……それは確かにそうなんでしょうけど、彼女も十代の女性なので、あまり糞とか吐くとか言ってあげない方が」

「なんだ、不良を気取っているくせに女に夢を見るとは、ずいぶんとうぶじゃないか」

「いや、そういうわけではありませんが」

「いい、いい、お前という男は、そのくらいの方が可愛げがあるというものだ」

そう言って、教授は音を立てないようにしながら膝を叩いて笑った。

一方の俺は、なんとなく面白くない気持ちと意外な思いが半分ずつに混ざりあった、不思議な感覚を覚えていた。

自身の発言を想定していない内容に受け取られて揶揄されるというのはけして居心地の良い気分ではなかったが、子どものような表情で笑う本間教授の姿は俺の記憶にはなかったもので、俺は文句を言うこともせず、その様子をずっと眺めていた。

「だがな、男でも女でも、誰かに期待を寄せるのはいいが、夢を抱くのはやめておけ。……いや、それで互いに傷を負うのも、また若さの特権かもしれんな」

教授は愉快そうな表情のまま、自分の発言を自ら訂正した。

「また、その話ですか」

「前にも同じことを言ったか？　歳を取ると、誰に何を言ったかわからなくなっていかん」

「いいえ、言ったのは別の友人ですが、似たようなことをつい先日に」

「お前の友人にも、なかなか聡い奴がいるじゃないか。擦れているというべきかもしれんが、ともかく教訓の一つとして受け取っておけ」

　雪代も俺にそんなことを言っていた。

　あれは風香に対する俺の接し方についての話だったが、内容の本質は同じだったように思う。

　久原京四郎が、他者に夢を見ている？

　ありえん話だ。そもそも俺は誰かに依存する必要がない。誰かに頼らずともあらゆる問題を解決できるからこその久原京四郎なのだから。

　教授や雪代の目に、俺が誤解を伴って映るのは、彼らと俺の生き方に大きなズレがあるからだろう。そう考えれば、これらのことはすんなりと腑に落ちる。

「考えているな、久原」

　教授は再び笑いながら、プラスチックのホルダーに入っていた二枚の伝票を持って立ち上がった。どうやら俺の食事の分まで払ってくれるつもりらしい。

「次の講義には出ろよ。だがもしサボるというならば、その時は釣り堀に行け。俺たちが話をするのなら、こんな洒落た店よりも、そっちのほうがよほど柄に合っているというものだ」

どうやら、不良生徒への説教が本間教授はずいぶんと気に入ったようだった。

一方の俺も、支払いを済ませて店を出ていく教授の背中を見ながら、市内にある釣り堀の場所を、頭の中で思い浮かべていた。

＊＊＊

本間教授の退店からしばらくして、風香はおおむね予定通りの時刻にやってきた。

「なんか、キレイだと思うものを見てこいって、みやちゃんが」

「なるほど、イメトレってやつか」

「そんな感じ、たぶん」

そういうわけで、店を出た俺たちは市内の水族館へと向かった。

アカデミアによる水生生物の研究所としての側面も持つこの水族館は五才星市の観光スポットとしても名高く、平日の昼間だというのにそれなりの賑わいを見せていた。

繁華街の中心地からはやや外れた海岸沿いにあるショッピングモールの一角を三階までぶち抜きで作られた施設内は、薄暗い中でも悠々と歩けるだけの広さを持っている。

「奢るよ、今日は」

「むしろ、こういう時は俺が奢る側じゃないのか？」

「いいから、任せといて」

風香はそう言って、俺が何かを言う前に受付で学生用のチケットを二枚買い、得意げな表情で一枚を俺に渡してきた。チケットにはクリオネの写真が印刷されていた。

研究所の一面を持つとはいえ、施設内の一般公開されている面については完全に観光用として作られているらしく、入場するとすぐに大きなペンギンの模型が俺たちを出迎えた。

片手で俺の右袖をつまみ、もう片方の手で風香はペンギンを指さした。

「せっかくだし、撮ってく?」

「あれに並ぶのか……?」

やけにポーズの決まっているペンギンのそばでは親子連れが写真を撮っており、その後ろではまた別の子どもたちと時々恋人たちが並んでいた。

「いいじゃん、記念に」

断るための冴えた理屈も思い浮かばない俺は、やむを得ず、風香に袖を引かれるがままに列の最後尾へついた。俺たちの順番が回ってくるまでには、まだ少しばかり時間がありそうだ。

「どうして水族館なんだ?」

「なにが?」

「キレイだと思うものってやつ、風香はなんでここを選んだんだ?」

「あー、それはね」

そう言いながら、風香は考えるように右手を薄い唇の近くへ寄せた。左手は相変わらず俺の袖を摑(つか)んだまま。別に逃げやしないというのに。とはいえ、振りほどく理由もなかったので、俺もまたそのままにしていた。

「中学の時、試してみたんだよね、プールの中で、思いっきり息するの」

「……一応聞いておくが、結果は？」

「めっちゃ溺(おぼ)れた。死ぬかと思った」

「だろうなー。なんでそんなことしたんだよ」

風香が話す内容は、どうして水族館へ来たのか、という質問に対する明確な答えではなかったが、俺は彼女にわかりやすい回答を求めてはいなかったし、これはこれで愉快な内容だったので、会話を続けることにした。

「あるのかなって思ったんだ、水の中にも、酸素。あるなら、いけるかもって」

「とりあえずお前が理科の授業をちゃんと聞いていないことはよくわかった」

「おおー、名推理、やるじゃん」

列の進みに合わせて風香は一歩前へ出て、写真を撮る恋人たちを微笑(ほほえ)ましそうに眺めていた。

「水の中、私には息できなくて、魚はできて、だから、すげーって思った」

「なるほど、それで今日は水族館か」

わかったような、わからんような。

ともあれ、有馬風香という少女に水族館という場所はよく似合うと、俺は思った。大気の中ではなく、水の中に棲む生き物というのは、設計思想が根本から異なっている。姿かたちや合理性、何もかもが俺たちとは違っている。

俺にとっては風香も同じだ。打算がなく、合理もなく、人工的でもなく、自然体。あと、たまに何を言ってるのかわからなくてエイリアンっぽい。怖い。

だからきっと、俺たちとは全く違う理屈で生きている彼女は、同じように全く違う世界で生きる魚たちに対して親近感のようなものを抱いているのだろうと、俺はそう結論づけた。

列は進み、いよいよ俺たちの番がやってきた。俺とペンギンで風香を挟むように立つと、風香はスマートフォンのインカメラではなく画面を外へ向けた通常のカメラモードでさっと一枚だけ写真を撮った。

俺の仏頂面とはにかむ風香の可愛らしい顔は奇跡的に収まっていたものの、せっかくポーズを決めたペンギンの顔は半分が見切れていて、風香はそれを見ながら「やー、失敗した」と言って笑っていた。

一方の俺は、写真を撮るために身を寄せた時、風香の耳についているピアスがいつもとは違うものであることに気づき、それに言いしれぬ違和感を覚えていた。

記念写真も撮り終え、いよいよ展示される水槽を見て回るフェイズに入るかと思いきや、風香が真っ先に向かったのは順路を逆走した先にあるレストランコーナーだった。

あまりにもフリーダムな観光スタイルだが、この自由さが風香の真骨頂であるから、もはや致し方ない。

***

席に案内されるなり、風香はメニューを見ることもなくアクアマリンパフェなるスイーツを注文した。たぶん、これが水族館へやってきた真の目的だったのだろう。

花より団子なのだ、この女子は。

パフェよりも先に俺の頼んだコーヒーがやってきて、パンフレットを眺める風香の話に相槌を打ちながら一口分を飲んだところで、ポケットの中に入れていたスマートフォンが鳴った。

取り出してみると、画面には詠美ちゃんの名前が映っていた。

……なんだろう、すごく嫌な予感しかしない。

風香に一声かけてからレストランの端まで移動して、電話に出る。

『久原ちゃん、今どこにいる』

「逆に聞こう、どこだったらいいと思う?」

『目の前にいりゃあぶん殴ってやれんのに、そうでないのが残念で仕方がねえよ。有馬ちゃんは近くにいるのか？』

「ああ、それがどうした」

『なら、今すぐに確認しろ。有馬ちゃんの耳にピアスはついてるか？』

振り返り、風香を見る。彼女の右耳には、やはり見慣れないピアスがついている。

「青い丸型の石が嵌まったピアスを確認した……というか、よく見たらあれタンザナイトじゃないか？　あれ、もしかしてめっちゃ高いんじゃない？」

説明しておくとタンザナイトとは、ダイヤモンドの千倍希少と言われる超高級品である。

『あー、オートクチュールだから値札はねえが、あのサイズなら周りのダイヤモンドやデザイン費を含めても五〇〇万はいかねえんじゃねえのか？』

「てめえ、うちの風香ちゃんになんてもの渡しやがる。これで金銭感覚がバグったらどうしてくれるんだ。一般庶民が若いうちからあんなもんに慣れたらわりと早めに人生狂うぞ」

『仕方ねえだろうが。アフリカでフィールドワーク中のアカデミア生から原石をもらった話をしたら、デザイナーが喜色満面でアタシの手から奪っていったんだよ。……しかし、ピアスは無事か。とりあえず首の皮一枚繋がったな』

詠美ちゃんが安堵したように息を吐く音を聞きながら、俺はもう一度ピアスを見た。

青い宝石が嵌まった小さなピアスは、風香の耳に下がったままこちらへ光を反射している。

『よく聞け、先ほどアタシのラボが襲撃を受けた。連中の狙いはドレイクの製造方法が入ったマイクロチップだ。そいつは今、有馬ちゃんのピアスに埋め込まれている』

「……詠美ちゃん、あんた、本当に俺を怒らせるのがうまいな」

『言い訳はしねえ。一番守りが堅いところへ隠しただけだ。久原ちゃん、お前はそれを守れ』

「文句は山ほどあるが、今は風香の安全確保が第一だ。ピアスの所在は連中にバレているのか」

『いいや、知られちゃいないはずだ。とはいえ、今も嗅ぎまわっている最中だろうな』

「俺たちは現在、主要な活動拠点からは離れている。しばらくはこの場で時間を稼ぐから、それまでに情報を集めてくれ。連中の装備や、行動経路、なんでもいい」

『わかった。……もしもの時は、お前らの身の安全とドレイクが最優先だ。必要ならいつでもあれを使えよ、久原ちゃん』

「了解した。風香に余計な不安を与えたくない、切るぞ」

そう言って俺は電話を切り、スマートフォンをポケットに入れてから、ベルトに差し込んだ銃をシャツの布越しに撫でた。

周囲には一般客が数多くいる。いざという時には彼らが目くらましになるだろうが、一方で俺が引き金を躊躇う理由にもなり得る。

——どうか、この街にいる間、あなたは誰も殺さないで。

誰も殺すことのない、私の大切な友だちでいてください。

まったく、厄介な約束をしたものだ。

十分な装備はないし、警護対象は全くの一般人で、余計な重石まで背中に乗っている。

戦場よりも、青春の方がよほど過酷だ。

すでに届いていたパフェを珍しそうに写真へ収める風香の元へ戻り、少し温くなっていたコーヒーに口をつける。

風香はスマートフォンをパフェの前で固定したまま、視線だけを俺に移した。

「電話、誰から?」

「詠美ちゃんだ。ちょっとしたトラブルでな」

「ヤバい感じ?」

「いや、問題ない」

「じゃ、おっけー」

写真の構図がなかなか決まらないらしく、風香はパフェが山盛りになったグラスをくるくると回しながら、またスマートフォンと向き直った。

いつもより少しだけ真剣な表情を浮かべる彼女の耳についているピアスを俺が見つめていると、風香はその視線に気づいて耳を触った。

「おニューなんだよね、これ。せっかくだから、つけてきた」

「そうなのか、よく似合ってるぞ」

「よっしゃー。やるじゃん、《息吹》のスタイリストの人」

「名前くらい覚えてやれよ」

「あー、田中とか鈴木とか、そんな感じだった」

「二択がかけ離れすぎだろう。実質ノーヒントじゃねえか」

スタイリストとはいえ、《息吹》に関わった以上は詠美ちゃんの息がかかった人間だろう。情報を仕入れておきたい気持ちはあるが、風香にそれを求めるのもナンセンスだな。

「たぶん、むこうも私の名前、覚えてないから」

「チームメイトだろ、そんなことあるのか？」

「あるよ、私に興味ない人、いっぱいいる」

ようやく満足のいく写真が撮れたようで、風香はいよいよスプーンを手に取った。

一口分を食べて、唇の端についた青い着色料入りのクリームをナプキンで拭う。

「あーいう人は、私じゃなくて、きらきらしてる私にしか、興味ないの」

「プライベートの姿も仕事の姿も、どっちも風香だろう」

「そーいうのじゃなくて、ガラスのあっち側にいる私と、こっち側にいる私、そんな感じ」

「……わからん」

「ふふっ、いいよ。きょうちゃんは、こっち側だから」

風香(ふうか)は青いクリームとパイナップルをスプーンで掬(すく)い、こちらへ差し出してきた。

「食べる？」

「いや、遠慮しておこう。間接キスとか恥ずかしいし」

「そっかー」

そう言って、風香は気にした様子もなく、差し出したスプーンを自分の口へと運んだ。

＊＊＊

本当に、いよいよ、魚たちを大変長らくお待たせし、俺たちはとうとう館内を回り始めた。

見上げるほどに大きな球型の水槽で泳ぐクラゲたちに出迎えられ、風香は楽しげな声を漏らす。一方、俺は水槽の隣にあるキャプションボードをガン見していた。

クラゲそっちのけでガン見していた。

「きょうちゃん、クラゲ、こっちきてるよ」

「うん、ちょっと待って、読んでるから」

「こっち、こっち、三匹きた」

「違う、クラゲは一桶(おけ)、二桶と数えるんだ」

「うわ、ガチ勢じゃん」

昨今は観光事業が中心となり、あまりキャプションボードに力を入れない水族館も増えているが、さすがはアカデミアが管理・運営する施設、説明書きがめちゃくちゃ長いし気合いが入っている。有り体に言ってめちゃくちゃ楽しい。

一般的な男女がこのような場所に来る際は、キレイだの可愛いだのと言って足を止めずラリー形式で順路を巡り、適当なキーホルダーでも買って帰るのが習わしなのかもしれないが、俺はそうではない。

水族館は学習施設だから。遊びで来る場所じゃねえんだよ。

「いいか、クラゲという名称は刺胞動物門と有櫛動物門に属する、淡水または海水中に生息し、着底・浮遊生活をする動物の最終期における総称であり、これらの生物は成長過程によってプラヌラ、ポリプ、ストロビラ、エフィラ、そしてクラゲと名称が変化していくのだ」

「あー、うん。じゃあ、なんか面白い豆知識おしえて」

「クラゲに刺されると納豆アレルギーになる可能性があるから気をつけろ」

「マジか、めちゃ興味深いじゃん、クラゲ」

ほおー、と変な鳴き声をあげながら、風香はアクリルガラス越しにクラゲをつついた。

順路に沿って進むとトンネル型の水槽があり、俺たちの左右と頭上をエイや小魚が通り過ぎていく様子を観察できた。

風香は広い通路の端で、水槽のガラスに指先を添わせながら目の前を通る魚たちを見つめていた。足元に取り付けられたＬＥＤライトの青い光が彼女の顔を下から照らしている。光を受けて、自身もそのまま水の中へと溶け込んでしまいそうな風香の横顔を、俺はじっと眺めていた。

「このあいださ、見たんだよね、映画」

ふいに、風香が口を開いた。

視線は魚たちへと向けたまま、言葉だけを俺に送る。

「宇宙からでっかい怪獣がきて、車とか建物とか、めっちゃ壊すの」

「……なるほど、それで？」

「色々壊したあと、大きい声で鳴いてた、ぎゃおーんって。なんて言ってたんだろうね、あれ」

「それは、あいつらなりの主義主張とか、愚かな地球人類に対するメッセージとか、そんな感じじゃないのか。あとは孤独を嘆いたり、威嚇だったり……」

風香の真意が読めないまま、及第点くらいにはなりそうな答えを返す。

それを聞いた風香は一度視線を俺に向けて、そのあと頭上の魚たちを見ながら、俺の言葉を飲み込むための時間を作った。

「そうなのかな……。うん、そうかもね」

「風香は、なんでだと思う？」

「――たぶん嬉しかったんだよ、息、できたの」

「……息？」

「遠くからやってきて、息、できるかわかんなくて。でも、できたから」

「まあそれは、やってきた怪獣は呼吸困難で勝手に倒れました、では映画として成り立たんからな。興行的にも、たしかに喜びの声くらいは上げてもいいだろう」

風香はしゃがんで、足元を歩いていたカニをじっと見つめた。

「やられちゃったけどね、怪獣」

「まあ、仕方のないことだな」

「でもいいよね。息ができて、でっかい声だせれば、楽しいじゃん、それだけで」

「……ああ、そうだな」

息をして、声を出すだけで、楽しく生きていける。

それだけで人生を楽しいと思える。

有馬風香は、そういう少女なのだ。

そのことが俺にはあまりにも眩く、あまりにも羨ましい。

そのように感じることは、けして特別な感情というわけでもないだろう。

誰もがそうありたいと願いながらも、最後にはそうあることを選べない生き方を風香は自然体のままでしている。

それを羨(うらや)ましいと思うことは傲慢(ごうまん)なのだろうが、その理不尽さもまた人の性(さが)だ。

「いこ、きょうちゃん」

立ち上がった風香(ふうか)は、トンネルの先へと歩き出した。

青い光を受けながら歩くその後ろ姿は、やはり水の中にいるように、俺の目に映っていた。

＊＊＊

「悪い、少しトイレに寄っていいか？」

「おっけー」

トンネルを抜け、生まれたばかりのラッコを見ながら毎月一五〇万かかるという彼らの食費に思いを馳(は)せたあと、俺たちはしばし解散した。

風香が女性用トイレに入っていったのを見送ってから、俺も男性用のトイレへと向かう。

一度個室に入り、全員が出払ったのを確かめたのち、清掃用ロッカーを開けて《使用禁止》の立札を取り出して入口に設置する。

――監視されている。

確認できたのは八人。一般人に紛れているが、動きや視線を見るに素人(しろうと)ではない。おそらくはエンリケの部下だろう。奴の姿はなかった。状況を確認しつつ駐車場などの施設付近で待機していると見ていい。身を隠しているのはきっと、目立つ装備に身を包んでいるから。奴らの戦闘の備えは十分ということだ。

こちらが監視に気づいたことはまだ気取られていない。

なぜ風香の居場所が割れたのかは謎だが、その理由よりも、逃走の準備が今は先決だ。

ポケットから取り出したバンダナを二つに割いて、便器の上に立ち、天井に取り付けられた火災探知機の先へ結びつける。ライターで先端に火をつけてやれば、準備は完了だ。

あとは逃走手段だが、ひとまずアテを頼ってみるか。

スマートフォンを取り出して、電話をかける。

『久原ちゃんか、何があった』

「緊急事態だ。奴らに追跡されている」

『……どこから嗅ぎつけたんだか』

「穏便に出るのはおそらく難しいだろう、車を手配したいのだが、頼めるか」

『手配する時間が惜しい、駐車場へ向かって、好きな車を選べ。電子キーはアタシが遠隔で解除するから、それを使って逃げろ』

「そんなことができるのか？」

『衛星を使った車両ジャックシステム、公には出せないアカデミアの裏技の一つだ。面倒な事後処理と始末書のおまけ付きだがな』

「なるほど、それを使って連中の車両を足留めすることは可能か？」

『難しいな、警備車両はシステムを悪用された場合に備えて影響を受けないように細工がしてある。対策が仇になったわけだ、くそったれ』

「了解した。では、代わりにこれならどうだ？」

駐車場の間取りを頭の中で思い浮かべながら、次善の策を提案する。

それを聞いた詠美ちゃんはスピーカーの奥で唸るような声を上げて、しかし、俺の策を却下することまではしなかった。

『──久原ちゃん、お前、アタシになんか恨みでもあるのか？』

「いや、むしろ今回の件さえなければ、あんたのことは好意的にすら思ってるよ。それで、できるのか？」

『……仕方ねえ。被害規模よりも、今はドレイクの損失が惜しい。始末書づくりは手伝ってもらうからな』

「任せておけ、俺は事務作業も天才的だ」

電話を切ってトイレから出る。

辺りに注意を払いながら待っていると、ほどなくして風香はやってきた。

「ごめん、待った？」

「いや、それより風香、ここを出るぞ」

監視に気取(けど)られないようにしながら声を潜めて言うと、それで風香は意図を悟ったらしく、同じように声を潜めた。

「なんか、ピンチ?」

「ピンチではないが、跡をつけられている。……すまん、俺たちの居所を悟られるようなヘマはしていないつもりだったが、今回は奴(やつ)らの方が一枚上手だったらしい」

風香と合流した時や移動中に奴らの気配はなかったし、居場所が割れる要因になるものは排除したつもりだったが、現実として奴らは俺たちの追跡に成功している。

考えられる理由としては、俺にとって未知の技術が彼らの手に渡っているという可能性。

最新技術の宝庫である五才星市(ごさいせいし)にはそうした設備が存在するのかもしれないと、用心深く調べておくべきだった。

「──あ、それ、私かも」

「……ん? え、なに、どういうこと?」

はい、考察と反省を一時中断します。

なんか今からすごくがっかりしそうなので、脳のリソースはそっちに回しましょう。

「これ、さっきのやつ」

そう言って風香が見せてきたのは、スマートフォンの画面だった。

SNSのアプリが立ちあげられているそこには、風香のアカウントと、先ほど食べていたパフェの写真が写っている。

「よく撮れたから、載せちゃった」

「このフォトジェニック世代が……！」

そりゃあバレるよ。追跡対象が自分の居場所をハッシュタグで喧伝してるんだもの。

あー、なんか未曾有の最新技術の存在を疑ってた自分が恥ずかしいわ。

「それで、行くの？」

「ああ、人ごみに紛れて退散する、急ぐぞ」

「……ちょっと、まずいかも」

「何か不都合があるのか？」

「お土産、買ってない」

「……帰ってからオンラインショップで買ってやる」

「現場で買うのが大事だから、こういうのは」

この間の白上といい、こいつらの言葉の節々に垣間見えるアイドルオタク適性はいったいなんなのだろうか。あと水族館のことを現場って言うのはやめよ、なんか嫌だから。

「事が終わったらまた一緒に来てやるから、今回だけは勘弁してくれ、マジで緊急事態だから」

「……一緒に？」

「そうだ」

「二人で？」

「他の奴(やつ)を誘いたければ誘えばいいが、そうでないなら二人だな」

「お土産、おそろっち？」

「いや、別に俺はいらんが」

「おそろっち？」

「……おそろっちだ」

根負けした俺がそう言うと、風香は満足げに息を一つ吐いて頷(うなず)いた。

腕時計を確認する振りをしながら、周囲の様子を探る。

敵は進行方向に二人、後方にも三人、他は別の場所で待機しているのだろう、ここから姿は見えない。相手は民間人に紛れているためいずれも軽装で、装備は持っているのは拳銃がせいぜいだろう。

まだ日中の気温が高い季節で助かった。

コートを着るような時期であれば、敵の装備はもっと豊富だったかもしれない。

しかしあれではプレートキャリアもつけられない。奴らは攻撃に対する備えが十分ではない。

ベルトの隙間に差したガバメント、その重さに霧島との約束が加わり、身の丈ほどの岩よりもなお重く感じられる。

——できるのか、銃を持った多勢に対し、敵の命に配慮した戦いが。

いや、考えるべきことではない。

事が始まれば、体は必要に応じて動きだす。

あとは五体に宿る久原京四郎に身を任せれば、必要な動作は行われる。

——さて、そろそろ時間だ。

「俺の合図で走るぞ、いいな？」

「任せて、最近めっちゃしてるから、ランニング」

「期待してるよ」

よ、の音を言い終えたのと、それが起きたのはほとんど同時だった。

おそらくは風香も、最後の一音は聞き取れなかったに違いない。

俺の声をかき消したのは、警報と頭上から降り注ぐ水。

トイレに仕掛けておいたハンカチの火がいよいよ探知機を舐めあげて、作動したスプリンクラーが辺り一面に水を撒いた。

「風香、行くぞ！」

突然の出来事を前にパニック状態の民衆をすり抜けるようにして走り出す。

左手は風香の手を引いて、もう片手には拳銃を握りしめる。

前方の敵は二名。

事態が急変したことを理解した彼らのうち一人はどこかへ、おそらくは待機中のエンリケへと連絡をし、もう一人の男が抜いた拳銃の先を天井に向けて二発の弾を撃った。

男の狙い通り、銃声に慄いた一般客は皆一様に頭を抱えてその場で蹲る。立っているのは彼ら二人と、俺たち二人。遮るもののなくなった彼らの銃口がこちらへ向けられる。

しかし遅い。男の銃弾が天井に穴を空けた段階で既に、こちらの照準は定まっている。

それに、民間人を伏せさせてくれたのは、俺にとっても好都合だ。

ガバメントの銃口から発火炎が吹き出し、放たれた銃弾が手前にいた金髪の男の足首を過たずに貫いた。体勢を崩した男の銃から飛び出した弾が天井に三つ目の穴を空ける。

金髪の腹を蹴りつけ、先ほどまでエンリケと連絡を取っていたヒゲ面の男との直線上に配置する。彼我の距離はおよそ四メートル。ヒゲ面は仲間を撃たれたことで動転しており、そこに加えて焦りと味方を撃つことへの危機感が、照準の安定性を失わせる。奴の弾は当たらない。

予想のとおり、ヒゲ面の放った弾は俺たちの左を通り過ぎていく。再び慌てたヒゲ面が照準を直して二度目の引き金を引くよりも先に、ガバメントの銃弾がヒゲ面の肩を撃ち抜いた。

風香の腰に手を回し、体を寄せるようにしながら後方へ向き直る。

三人の男が人混みを抜けながらこちらへと走ってくる。

彼我の距離は十メートルほど、照準は安定しない。僅かなミスが予期せぬ場所へ着弾させる可能性を拭いきれない。

「……余計な約束をしたものだ」

走り向かってくる男たちの横には、ラッコが泳ぐ大きな水槽。

……ラッコは食肉目イタチ科ラッコ属に分類される哺乳類。哺乳類ということは肺呼吸。

うん、いけるな。

僅かな逡巡のあと、ガバメントを水槽へと向け、引き金を二度続けて引く。二発の銃弾が当たるも、アクリルガラスは罅が入るだけで割れるまでには至らない。さらに銃弾を撃ち込む。三発目、四発目、割れない。五発目の銃弾が当たったところで罅が全面へと広がり、六発目がいよいよ水槽を砕いた。

怒濤の勢いで押し寄せる水と、罪なきラッコの皆さんが男たちを押し流していく。

あの中には先日生まれたばかりの赤ん坊もいたという。

ごめんね、でも社会の荒波はもっと厳しいから、今のうちに慣れておいたほうがいいよ。

「このまま敵の増援が来る前に走り抜けるぞ！　いいな！」

「おっけー」

呑気な声で応える風香の手を引き、出口へ向けて走り出す。

声こそいつもどおりのように感じられるものの、握り返す風香の手には、彼女の緊張を推し量るのに十分なだけの力が込められていた。

「心配するな、お前は俺が守ってやる」

「うん、ちょっと……ほんとは結構怖いけど、きょうちゃんがいるから、平気」

僅かに息を切らせ、目元にかかる濡れた前髪を指で直しながらそのように言う風香の口元には、小さな笑みが浮かんでいた。

「……言っておくが、今は相当にヤバい状況なんだからな」

「ごめん、でも、やっぱきょうちゃんはすごいなって思って」

「なんのことだ？　俺がすごい事実に心当たりがありすぎてわからん」

「きょうちゃんがいれば、水の中でも、息できるんだね」

そう言って、全身を濡らすスプリンクラーの雨の中で、風香は笑った。

＊＊＊

突然ですが、ここからの息詰まるアクションシーンはダイジェスト形式でお送りします。

エモい会話の直後にこのようなことをしなければならないのは俺にとっても大変遺憾ではあるのですが、シリアスな局面で事あるごとに風香が巻き起こすアクシデントがいちいち緊張感を奪っていくため、こちらの集中力も限界なのです。疲れちゃったよ、俺。

というわけで、風香ちゃんの大活躍の模様をご覧ください。


「風香、お前、今なに投げた!? というか手に持ってんのなに!? 怖い!」

「ウニ、ふれあいコーナーにいたやつ」

「やめろ! 銃ぶっ放してる俺が言うのもあれだけど、命をなんだと思ってるんだ!」

「でも、やっつけたよ、あの人」

「うわ、ホントだ……。もうやめておいてやれ、ウニを投げるＪＫに負けたとか、一生モノのトラウマになるから」

「おっけー」


「……あのさ、その抱えてるやつ、なに? いや、正直あんまり聞きたくないんだけど」

「ペンギン」

「ぬいぐるみだよね? めっちゃバタバタしてるしすごいこっち見てるけど、ぬいぐるみだって信じていいよね？」

「一匹だけ逃げてたから、捕まえた」

「返してらっしゃい！　ペンギンさんにも家族がいるの！　うちじゃ飼えません！」

「でも、さっき通り過ぎたよ、ペンギンの水槽」

「…………」

「ここに置いてったら、撃たれちゃうかも、悪い奴に」

「……ああもう！　引き返すぞ！」


「あ、ヤバいかも」

「なんだ！　今まさに撃ち合ってるところだから、あとにできる!?」

「コーデ失敗した。濡れてブラ透けてる」

「よそ見したら確実に撃ち殺されるこの状況でそんな気になること言うんじゃない！」

「ヤバい、困った」

「生存欲求と性欲の狭間で揺れる俺の方が絶対に困ってるけどね！」

「よっしゃ、やるか、困ったバトル」

「現在進行形で別のバトルしてるから勘弁してくれ！」

「うわあ、めっちゃ感電してる……」

「してるね、感電」

「あの、さ……いくら敵とはいえ、電気ウナギがてんこ盛りの水槽に落とすとか、あんまりやらない方がいいよ？　これ、俺もちょっと引いてるくらい残酷な刑罰よ？」

「でも、撃たれそうだったし、きょうちゃん」

「うん、ありがとうね。どうしよっか、この人」

「出してあげる？」

「……ゴム手袋取ってくるから、ちょっとその辺に隠れてろ」

「おっけー」


いかがでしょうか、これらは僅か一五分ほどの間に起こった出来事です。

最初の方は俺も殺さないように神経をつかったり、風香も危機的状況に彼女なりの緊張感を持ってたらしいんだけど、俺がなんか思ったよりいけちゃって、風香の集中力が保たなくなったあたりからはもうこのザマよ。

緊張するだけ損というか、いちいち気合いを入れ直すことに余計な疲れを強いられるというか。ただ走るよりも、走って止まってを繰り返す方が疲れるじゃん、あんな感じ。

もう『疲れるじゃん』とか『あんな感じ』とか言えちゃうくらいには集中力が切れてる。

こうしてる今も、俺はバカでかい水槽の中で敵にフロントチョークかけてるからね。

というか聞いてよ。エンリケたちがとうとうやってきたんだけど、あいつら、全身ごりごりの防弾アーマーで守りを固めてやがるの。もう関節とかの一部を除いて銃弾が全く通らねえ。だからこうして、仕方ないからフロントチョークをかけてるってわけ。

失神した男を抱きかかえながら水槽から上がり、男の体を放り投げて近くのロッカーを開ける。中では風香がスマートフォンを弄っていた。

怯えて動けないよりはいいけど、お願いだからSNSの更新だけはもうしないでね。

「終わった？　大丈夫？」

「おう、逃げるぞ」

「あいあい」

男から剝ぎ取ったプレートキャリアとヘルメットを風香につけて、これまた奪い取ったサブマシンガンの残弾数を確認する。足音の聞こえる後方へプレートキャリアからもぎ取ったスモークグレネードを投げて視界を潰し、目前に迫った出口へ向けて走り出す。

「——久原京四郎！　逃げるな、戦え、この卑怯者め！」

煙の向こうから聞こえるエンリケの声。

自分たちだけ完全武装で向かってきてああいうこと言えるあたり、神経の図太い男である。

恥ずかしくないのだろうか。ないんだろうなあ。

まあ俺も同じ状況なら全く恥ずかしくないし、さもありなんと言ったところだ。

「ああ言ってるけど、いいの？」

「真正面から戦っても勝てないからなあ」

いかに俺が最強でほとんど万能であっても、弾が当たれば死ぬし弾が通らなければ勝てないし、人数差を覆せるわけでもない。

久原京四郎は勝てない環境では戦わないからこそ最強で、できないことはやらないからこそほとんど万能なのである。

水族館を出て、地下駐車場への階段を下りながら詠美ちゃんへ電話をかける。

『首尾はどうだ？』

「目的地に着いた……が、追手も来ている、手早く頼むぞ」

『ジャックする車両の情報を送れ。処理に三〇秒ほどかかるから、それまでは身を隠しておけ』

「了解した」

駐車場内に入ったところで目についたクラウンの車両情報を詠美ちゃんに送り、付近の柱の陰にしゃがんで身を隠す。隣で腰を降ろす風香は肩で息をして、額から汗を一筋滴らせていた。

「大丈夫か？　もう少しだからな」

「うん、平気。あとちょっと、がんばってこ」

風香の肩を軽く叩いてから、彼女が身に着けるプレートキャリアの胸元にぶら下がった手榴弾を一つ頂戴する。

俺たちが降りてきた階段から複数の足音。手榴弾のピンを抜き、地面を滑らせるようにしながら、階段付近の車の下へ投げ込む。

クラウンのヘッドライトが二度点灯して、エンジンがかかる。それに気づいたのか、階段の方から声が上がる。

「行くぞ、風香！」

立ち上がり、身を低くして車の陰に隠れながら風香の手を引いて走り出す。

俺たちの存在に気づいた銃口が火を吹いて、盾にしたトラックの荷台に無数の穴を空ける。銃声が場内をいっぱいに木霊して、硝煙の臭いがたちまちにあたりを包み込んだ。

そして、それらの全てをかき消すように、手榴弾が奴らの近くにあった車を吹き飛ばした。肌を叩くような破裂音と無数に割れたガラスの破片が、十メートル以上離れている俺たちのいる場所まで飛んでくる。

ふいの出来事に体を強張らせた風香の肩を摑みながら走り、たどり着いたクラウンの助手席に乗せる。ボンネットを飛び越えて、階段方向へ目掛けP90の弾倉に残った弾を撃ち切ってから俺も運転席へと乗り込んだ。

アクセルを踏み込むと同時にハンドルを切り、クラウンを通路上へ飛び出させる。

後方から放たれる夥(おびただ)しい数の銃弾により、破片の群れに変わったテールランプとリアガラスが一面に撒(ま)き散らされた。

心臓の鼓動が胸を一心不乱に叩(たた)く感覚。それを表情に出さないよう気をつけながら、風香(ふうか)の首元に手を回し、前傾の姿勢を取らせる。

「……心配するな、俺がついてる」

「心配してないよ、きょうちゃんがいるから」

そう言葉を返す風香の表情は俺の位置からは窺(うかが)うことができなかったが、僅(わず)かに見える口元は強張(こわば)るような笑みを作っていて、その肩は震えていた。

駐車場の出口に頭を向けたクラウンが速度を上げる。バックミラー越しに、黒い装甲車両が三台飛び出してくるのが見えた。

戦闘の車両、助手席に座る男が開けた窓から左腕を伸ばし、その手の先にある銃口が火を吹く。——大丈夫、あれはただの脅しだ。揺れる車両の中、不安定な構えで当てられるほど銃は簡単ではない。

俺の予想したとおり、弾は見当外れの方向へと飛んでいった。しかし、その中の数発が偶然クラウンのリアウィンドウと助手席側のサイドミラーを貫いて、俺の視界の端にいた風香は蹲(うずくま)る体勢のまま体をびくりと震わせた。

「……もう少しだ、風香、もう少しの辛抱だからな」

「平気、うん、きょうちゃんがいるから、大丈夫」

それは、風香が自分自身へと宛てた言葉だった。

当然だ。怖くないわけがない。いかに風香が特別な人物だとはいえ、それは日常においての話だ。彼女はただの民間人で、死の脅威に耐える訓練など積んでいない。

それでも、自分が狙われている以上は怯えてばかりもいられないから、平常心を保つため、いつもどおりでいるように、きっと風香は努めていた。

風香の背中を一度撫でてから、ダッシュボードに放り投げていたスマートフォンを起動し、詠美ちゃんに電話をかける。

『――アーミーワン、状況はどうだ?』

「あと五秒で出口ゲートを潜る、タイミングを合わせてくれ」

『任せておけよ、こっちは準備万端だ』

クラウンがゲートのバーを突き破る。

折れたバーの破片がフロントガラスに降り注ぐ。

「――今だ、やれ!」

俺の声を合図に、ゲート付近に停められていた八台の車が始動し、乗り手もいないまま一斉に発進した。ゲートの左右からラグビーのように互いの体をぶつけ合わせる車によって、瞬く間に出口が塞がれた。

——アカデミアの秘中の秘、車両ジャックシステム。

俺たちが乗っているクラウンに仕掛けたのと同じ遠隔始動に足すことの、遠隔操作。

最新技術を乱暴に用いた作戦の効果は、まさしく覿面(てきめん)だった。

すでにゲートを出た俺たちの後方で、エンリケたちが乗る装甲車が行く手を阻む車両の群れに激突する。彼らは必死にエンジンを吹き鳴らしてバリケードを突破しようとするも、その努力はけたたましい警報機の音にかき消された。

坂道を駆けのぼり、クラウンが公道へと飛び出す。着地と同時に車両の頭が地面に擦れて火花を散らし、フロントバンパーが外れた。——しかし、それだけ。

『見たかよ、ジャックポットだ！　久原(くはら)ちゃん、始末書の作成を楽しみにしておけよ？』

「ああ、素晴らしい——このまま誘導を頼めるか？」

『オーケイ、付近の立体駐車場へ行け、そこで逃走用の別の車両を見繕う』

言葉と同時に、クラウンのディスプレイに表示されるマップが目的地を指し示した。

破損したこの車では連中に見つかる可能性が高い。すでにこちらへ向かっているであろう警察に捕まっても厄介だ。その上で、車両の交換はたしかに必須と言えるだろう。

「——なかなかやるじゃないか、一般生徒」

『お前こそ、落ちこぼれの番犬にしてはよくやった。帰ったらジャーキーをくれてやるよ』

電話を切り、風香(ふうか)を見る。

風香は俺の言いつけを守って前傾姿勢を保っており、やはり表情は窺えなかった。

「風香、もう大丈夫だ。よく頑張ったな」

「……頭、上げてもおっけー？」

「おう、ここまでくれば安全だ」

十字路を左折すると、道の先に詠美ちゃんが指定した立体駐車場が見えてきた。

顔を上げた風香が大きく息を吐きながら顔を上げる。額には一筋の汗が浮かんでいるものの、その表情はすでに、俺のよく知る風香のものだった。

「ふいー、焦ったわ、さすがに」

袖で汗を拭きながら、風香は席の横にあるホルダーに置かれていたガムのボトルを手に取って、四角いガムを口に放り込んだ。

それから風香はバックミラーを覗き、壊れてなくなったサイドミラーの面影に視線を送ってから、体を捩って割れたリアガラス越しの後方を眺めた。

「追手は来てないだろう？」

「うん、大丈夫っぽい」

しばらく後方を見つめていた風香の肩を軽く叩く。

風香は緊張を追い出すように小さく息を吐いたあと、シートに背中を預けた。

背もたれが少しだけ沈み込んで、風香は天井を見上げながらその揺れに身を任せていた。

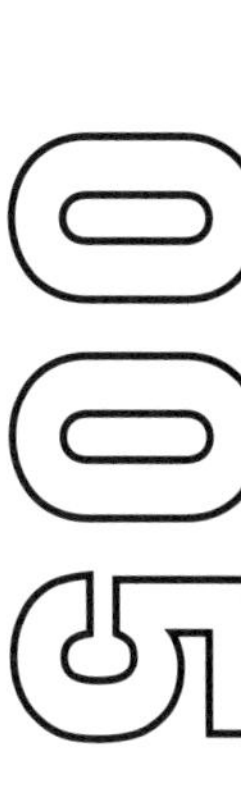

SCHOOL=PARABELLUM

立体駐車場に入り、三階まで上がったところで奥にあるＳＵＶのヘッドライトが点灯した。

空いていた隣のスペースにクラウンを停め、すでに鍵の開いているＳＵＶに乗り換える。

「――ご苦労だったな、お二人さん。今回ばかりは、さすがのアタシもヒヤヒヤしたぜ」

運転席に着くと同時に、後部座席から声がした。

先ほどまで聞いていたのと同じ、しかしスピーカー越しではない肉声に、俺は振り返って溜息をついた。

「おかげさまでなんとかなったよ。ただし、もう本当に隠し事はなしだ、いいな？」

「安心しろよ、久原ちゃん。秘密はこれでおしまいだ。アタシの小さなポッケにはもう何も入っちゃいねえよ」

後部座席の中央にどっしりと座る詠美ちゃんがリキッドシガーの煙を吐く。焦げ付くような甘い香りが車内に充満して、風香が窓を開けた。

話は移動しながらすることにして、ひとまず車を走らせる。

水族館からはそれほど離れていないにもかかわらず、周囲はまるでいつもどおりだ。

時おりサイレンを鳴らすパトカーや救急車とすれ違うことこそあるものの、その程度。

所詮こんなものだ。非日常が社会を侵食できる範囲など、所詮はこんなもの。

当事者にとってどれほど重大な事件であろうとも、通りを一つ挟めばＳＮＳで見る映像とさして変わりはない。

「久原ちゃん、どこかで飲み物と甘いものでも買ってきてくれ。お前はさておき、有馬ちゃんはそういうわかりやすい気持ちの切り替えがいるだろう」

その言葉には一理ある。事件現場から数キロ離れたコンビニに車を停めて、降りようとしたところで詠美ちゃんは再び口を開いた。

「悪いが有馬ちゃんは残ってくれ。少し話がある」

「え、なんですか？」

「お前と二人で話がしたいんだ。だから、買い物は頼んだぜ、久原ちゃん」

「……詠美ちゃん、言っておくが」

「心配しなくても、悪巧みをしようってわけじゃねえよ。言っただろう、秘密にすることはもうねえって」

「だったら、俺が同席しても問題はないはずだ」

「ああもう！　うるせえなあ！　いいから行ってこい！　アタシはコーラと菓子パン、有馬ちゃんは!?」

「……あー、オレンジジュースと、チョコで」

問答無用とばかりに喚く詠美ちゃんに折れた様子で、風香は俺の顔を見た。

「大丈夫だから、たぶん。きょうちゃんは買い物行ってきて」

「……いいんだな？」

「へーき、女子トークってやつでしょ、きっと」

風香にまでこのように言われては、もはや仕方ない。

やはり、風香には甘い久原京四郎なのだ。

店内で品物を物色しながら、先ほどの戦闘について考える。

風香がいる手前かなり余裕を見せてはいたものの、正直、かなり危険な状況だった。

最善手は打った。事実として風香を傷つけることなく、完璧なかたちで退避を完了した。

だが、あの状況ではあれが限界だったことも事実なのだ。

久原京四郎と奴らの間にどれほどの戦力的隔たりがあろうとも、あくまで人として常識の範疇に収まる程度のものでしかない。

その隔たりを、現代の装備は軽々と埋めてしまう。

こちらは七発しかないマガジンの弾を撃ち終えればあとは徒手空拳に頼るしかないが、相手はそうではない。加えて多勢に無勢と、後ろには警護対象のおまけ付きだ。

「――というか、あの状況で俺が戦略的勝利を摑めたのってすごくない？」

いや、どう考えてもすごいだろ。

俺があまりに卓越した存在だから忘れがちだけど、もっと褒められていいことだと思う。

よし、誰も褒めてくれないなら自分で自分を褒めてあげよう。

俺の分はコーヒーだけでよいだろうと思っていたが、今回ばかりはアイスクリームを追加だ。

――しかし、俺は知っている。ここで自分の分だけを買えば周りから気の利かない奴だと思われる。こういう場合は全員分を買っていくのがセオリーなのだ。

そして、この時のチョイスに俺のセンスが問われる。

相手はＪＫが二人。スイーツに関する感度が地球上で最も冴えている生き物だ。

無難にチョコミントやクッキー入りでお茶を濁すか、ネタ枠の誹りを受けようとも攻めたチョイスに挑むのか……。

え？　今日の反省と今後の対策？

いや、まあいけるでしょ。だって俺だし、今日もいけたし。

そもそも装備の差とか悩んだところでどうにもならないし、考えても仕方なくない？

本末転倒な結論と三つのアイスをカゴに放り込んで会計を済ませる。

ちなみに俺が自分用に選んだのは冷凍のフルーツと練乳が入ったカキ氷タイプのアイス。

今日みたいな日には、ちょっぴりお高くデリシャスなものが相応しいのである。

お供にはホットのブラックコーヒー。

熱くて苦いと冷たくて甘いの連続がスイーツタイムを演出する完璧な組み合わせだ。

ビニール袋を手に、意気揚々と車へ戻る。

運転席のドアを開けようとすると、スモークガラス越しに車内の様子がうっすらと見えた。


——車内では、後部座席の詠美ちゃんが風香に深く頭を下げていた。


……うわあ、気まずい。

やばい、どう考えてもスイーツタイムを堪能できる感じの空気じゃない。

わずかに見える詠美ちゃんの表情も、振り返ってそれを見下ろす風香の表情も、どちらも極めて真面目なものだ。

気まずいよお。でもアイス買っちゃったし、まだ九月だし、待ってると溶けるし……。

そうだ、いっそのこと何も気づいていないふりをして入ってしまえばいいんじゃないか?

後部座席には目を向けず、席についてそのままビニール袋を風香に預ける。

そうすれば、詠美ちゃんが自然に頭を上げる時間も作れて、俺もアイスにありつける。

うむ、そうしよう。

ということで、ドアオープン。

「待たせてすまんな、思った以上にレジが混んで——」

「きょうちゃん、まだ来ちゃダメ」

「…………」

「あと一〇分、外で待ってて」

……でもぉ、アイスがぁ。俺のかわいいシロクマがぁ。

こちらには視線も向けず、ただ手のひらをこちらへ向けて制止する風香。

やっぱりどう考えてもみんなで和気あいあいとアイスを食べられる雰囲気ではない。

ならば、俺が取るべき行動は……。

「——おっと、俺としたことがコーヒーの砂糖をもらい忘れた。取ってくるから、もう少し待っていてくれるか？」

「うん——ごめんね、きょうちゃん、ありがと」

「ただ砂糖を取りに行くだけで礼を言われるとは、やっぱり変わった奴だよ、お前は」

とりあえず、勢いで格好つけてみました。

その後、スマートな歩みでイートインコーナーへと向かった俺は、温くなったコーヒーとすでに溶け始めていた三つのアイスクリームを一人で平らげたのでした。美味しかったです。

＊＊＊

「きょうちゃんは来ちゃダメ。女子会だから」

「……終わったら連絡しろ、さすがに今日ばかりは一人で帰すわけにもいかないからな」

アカデミアの学部棟前で詠美ちゃんと共に車を降りた風香は、有無を言わさない態度で俺に言った。どうやら二人はこれからコンビニの続きをするつもりらしい。

先ほど車内で風香たちが何を話していたのかは察することしかできないが、詠美ちゃんは風香に謝罪をしていたようだった。

内容はおそらく、今回の件におけるあらゆることについて、だろう。

要するに、詠美ちゃんはあれで生真面目なのだ。

放っておけばいいものを、あえて憎まれ役を引き受けて、頭を下げなければ気が済まない。

正義感が強いというのか、潔癖というのか、ともあれ損な性格だ。

「――あれ？　久原くん？　久原くんだよね？」

考えているうちにそろりと近づいてきた眠気を追い払ったのは、どこかで聞き覚えのある女の声だった。窓の外を見ると《ダイアリー》のデザイナーである梶野幸音（かじのゆきね）が、手で廂（ひさし）を作るようにしながらこちらを覗（のぞ）いていた。

窓を開けると、梶野は「やっぱりそうだ」と言って笑った。

「よお、アカデミアに用事か?」

「うん、本番で使う布のサンプルができたから、その確認にね。久原（くはら）くんは……」

梶野はそう言って、座席にゆるりと腰かける俺と、目の前にあるハンドルを順番に見つめた。

「久原くん、車を運転するの? まだ一年生だよね?」

おおっと、これはまずい。

書類上、俺は日本生まれの一六歳、ピカピカの高校一年生ということになっている。

こんなところで変な勘繰りを入れられては、なにかと面倒だ。

ということで、とりあえず誤魔化（ごまか）しておく。

「ああ、ちょっとした紹介で、うちの偉いさん方の送迎とボディガードのバイトをしてるんだ。足りない成績の穴埋めってことでな。運転は……ほら、学内は私有地だから」

「そうなんだ……。うん、そういうことをするよね、ここの人たちは」

梶野の言葉には、隠しきれない嫌悪感が滲（にじ）み出ていた。

——梶野幸音。たしか、世間的には秀才だが、五才星学園においては平凡程度の、どこにでもいる埋もれてしまった一般生徒、だったか。


「久原くん、少し時間あるかな?」

だが、久原京四郎は知っている。

そういう平々凡々な人間こそが、誰より危険なのだ。

「……ああ、長話はできんが、それでもよければ」

雪代や白上のように、周到で緻密な計算を、梶野のような人間はしない。

理性的でなく、何をしでかすかわからない。

「うん、じゃあ、ちょっとだけ」

そう、久原京四郎は知っている。


「——お姉さんと、お話、しよ?」

こういう天然タイプの女が、実は一番えっちに見えるのだ。

＊＊＊

ということで、俺と梶野はアカデミア校舎棟の一階にある食堂へと向かった。

……いや、違うけどね。全然下心とかないけどね。

年下にはちょっと先輩風を吹かせるうだつの上がらない女子を可愛いとか全然思ってない。

俺はこの緊迫した状況下で風香に強い関心を示す一般女生徒を警戒しているだけです。

仕方ないじゃん、雪代や白上は油断してると裏切られるし、風香と霧島はあんな感じだし、こういう色んな意味で緊張を強いられない女子と話をする機会って意外とないんだもの。

「アカデミアの食堂には何度か来たけど、雰囲気が全然違うからなんかそわそわしちゃう」

……これだよ。

高校生にあるべき会話って、こういうものだよ。

何が悲しくて学校生活に腐敗と暴力だの米国国防総省だのを持ち込まなければいけないのだ。

「俺はアカデミア生だが、居心地が良いかと言われればそんなことはない」

「そうなの？」

「あれを見てみろ」

そう言って、俺は食堂のちょうど中央あたりに居座る三人組の一般生徒を気づかれないように指差した。三人組は憚（はばか）る様子もなく、俺を見ながらくつくつと笑っている。

「俺は、ここではちょっとした有名人だからな」

なにせ前期末の七月をほぼ丸々ブタ箱で過ごしたせいで、期末テストを一つも受けることなく総合成績ゼロ点で終えてしまったほどである。

成績表はちゃんと実家と勤務先に送りました。くさやの干物を添えて。

「……そっか、辛（つら）いね、久原（くはら）くんも」

「なに、気にするほどのことじゃないさ」

そう、どれほどの誹（そし）りを受けようと、後ろ指をさされようと、『その気になればこいつら全員病院送りにできるしな』という気持ちがあれば、どんな逆境も乗り越えられるというものだ。頑張ってもなかなか病院送りにできない親父（おやじ）や上司に比べれば、歯牙（しが）にかけることもない。

「聞きにくいことを聞くんだけど、久原くんは、どうしてその……」

梶野はそこで、躊躇（ためら）いながら言葉を止めた。

好奇心と良識の戦いは良識が勝ったようで、梶野は膝（ひざ）の位置に揃（そろ）えた自分の手を見つめながら、それ以上先へ進もうとしなかった。その善性は俺の目に少なからず好ましく見えた。

加えて、その議題において俺は真実とは違う、しかし梶野を納得させうる答えを持っていたため、彼女に助け舟を出してやることにした。

「どうして、こんな風に落ちこぼれたのかって？」

「っ……その、うん……ごめんね、失礼だよね、こんなの」

「構わんさ」

どうせ、こちらも嘘の答えで返すのだから。

「俺も地元じゃそこそこ優秀だったんだがな、この学園に来て、見事に鼻っ柱を折られた。それでも大手を振って故郷を出てきた手前、尻尾を巻いて帰ることもできず、このざまだ」

我ながら、それなりに説得力のある嘘を流暢に吐き出すものだ。

テーブルに肘をつき、梶野から視線を外しているのも、《私はあなたに深刻な悩みを打ち明けているのです》と言外に伝えるために他ならない。

当然、この手のスキルは親父と上司の直伝である。

舌先三寸で人を騙くらかすことに関して、奴らは天才的なのだ。

本来ならこんなろくでもない技術を習得したくはなかったのだが、ほら、俺って天才だから、教えられればなんでも真綿が水を吸うように習得してしまうのよね……。

ちなみに良心の呵責は一切ない。これは単純に久原の血である。

「久原くんはこの学校にいて、辛くない？」

「友人がいて、暇をつぶす娯楽にも事欠かない。実家に戻るよりかはマシさ」

とんでもない！　モラトリアム最高！　と本音を言うわけにもいかず、俺は言葉を選んだ。

「そっか……私はね、辛いよ。辛いまま三年生になった」

　梶野はそう言って、先ほど自分が買ったパンナコッタを一口食べてからスプーンをテーブルに置いた。ガラス製の白いテーブルに、スプーンの裏面が暗く反射して見える。

「カルチュアの進級率って久原くんは知ってるかな。アカデミアともあんまり変わらないとは思うけど」

「いや、聞いたことがないな。なにせ、俺の近くにいる二人のカルチュア生はそういった悩みとは無縁の奴らだ」

　すでにスポンサーを獲得した霧島は言うまでもなく、風香もモデルとして数多くの共同制作物を持っている優等生だ。

　というか、白上から聞いた情報によると霧島の個展が終わるまでは俺・霧島・風香・雪代のＳＰ所有ランキングはぶっちぎりで風香が一位だったらしい。マジか。

「カルチュアの在学生の総数はだいたい三〇〇人くらい。内訳は一年生が一五〇人、二年生が一〇〇人、三年生が五〇人。各学年で毎年五〇人が、進級を認められずにこの学園を去っていくの。最終的に卒業できるのは——だいたい二〇人くらいかな」

　五才星学園を受験するのは、いずれも神童の自負を持つ若き天才。

　そこから厳しいふるい落としを経て入学を認められ、卒業証書を手にすることができるのは七人に一人もいない。あまりにも過酷な道だ。

「だけど、それでもあんたはこうして三年生として活動してる。大した――」

「私ね、カルチュアではこう呼ばれてるの。コバンザメ、金魚のフン、虎の威を借る……他にも似たような意味の言葉があれば、だいたい一度は呼ばれてる」

俺が言葉を遮るようにして、梶野は言った。急ぎ足で言い終えたあと、口の中に居座る苦さをかき消すようにパンナコッタをまた一口食べて、それから俺を見て笑った。

「実力と実績のある子たちとチームを組んで、先生方にも愛想よく振る舞って、どうにかギリギリのラインで進級してきた。今回のコスフェスでは、なんとしてでも風香ちゃんを味方に引き入れたかった。結局、他のチームに取られちゃったけどね」

スプーンを握る梶野の手に力が入る。

「知ってる？　コスフェスにはね、八百長の噂があるの。グランプリ受賞作品はもう決まってるかもしれないんだって」

「……初めて聞いたよ。俺はイベント自体には詳しくないんだ」

もちろん知っている。どこのチームが栄冠を手にするのかも、当然俺は知っている。

なにせ、俺はそれを企てたうちの一人と繋がっているのだから。

「あくまで噂だから、本当かどうかはわからないんだけどね。それでも私は、八百長でもなんでもいいから、私の《ダイアリー》がグランプリになればいいって、そう思うの」

俯(うつむ)きながらそう語る梶野の言葉に誇張は感じられない。

どこにでもいる一般生徒である梶野がこのように言うのならば、これはきっと、この学園においては特別な感覚ではないのだろう。彼女と同じように埋もれてしまった生徒は皆多かれ少なかれ、同じ思いを抱(いだ)いている。

「ごめんね、いきなりこんなこと聞かされても困るよね。でも、紗衣(さえ)ちゃんや風香ちゃんには話せないし、久原(くはら)くんなら、わかるんじゃないかと思って」

しかし、落ちこぼれであることを享受する今の俺は、その思いに共感することができない。

梶野たちの悩みも苦しみも、俺には理解できない。

そもそも、そんなものは他人が理解できるものではない。

「どうだろうな、ともあれ縁もできたんだ。俺は梶野のことも応援してるよ」

だから、俺にはこのように答えることしかできないのだ。

＊＊＊

「――で、同い年の女の子との雑談もうまくできなかった久原くんは、泣きべそかいて私のところに逃げてきたってことでいいのかな?」

「違(ちげ)えよ、ただ帰ってきただけに決まってるだろうが」

梶野との交流を終え、戻ってきた風香を寮まで送り届けた俺が家に戻ると、扉の前に雪代が立っていた。さすがに今日はトレーニングどころではないしゆっくり休めと風香を帰したのはいいが、雪代への連絡をすっかり忘れていたのである。

「それで、風香ちゃんはもう休んでるの？」

「ああ、わざわざ来てもらって悪いが、今日ばかりはな」

「仕方ないよ。一人でできるトレーニングメニューも伝えてるし、今日はそれだけやっておいてって、私から連絡をいれておくね」

雪代はそう言って、ここまで乗ってきたロードバイク用のヘルメットを被った。

「なんだ、帰るのか？　せっかく来たんだし茶くらい飲んでいったらどうだ」

「風香ちゃんのトレーニングがなくなったらヒマになるわけじゃないからね。せっかく時間ができたなら、それを使って自分を鍛えないと」

顎紐を留めた雪代は、次に我が家の壁に立てかけていたロードバイクの鍵を外し始めた。

ううむ、これは引き留めても無駄かもしれんな。

「なら、せめて寮の近くまで送ろう」

「久原くんは歩きでしょ？　自転車で帰った方が早いんだけど？」

「風香と関わっている以上、お前だって十分危険な立場なんだ。もう日が落ち始めているのもあるし、今日ばかりは俺の我儘に付き合ってもらうぞ」

「……ふーん」

雪代はなにか言いたげな表情で俺を見て、視線を手首の腕時計に移してから、ヘルメットの顎紐を外した。

「じゃあこれ、お願いね」

そう言って、雪代はロードバイクのハンドルを俺に預けた。そして背負っていたバックパックのホルダーにヘルメットを取り付けたあと、腰のカラビナにぶら下げていたキャップを被って歩き出した。

「さっきの梶野さんの話だけど、久原くんはどう思うの？」

「どうって、何がだ？」

「出来レースについて、何か思うところはないの？」

……ふむ、思うところ、か。

「俺がＰＭＣの人間であることは知ってるな」

「うん……と言っても、詳しいことは知らないけどね」

「幼少期から親父の方針で、勉学・戦闘・運動・芸事の指導を受けた。何をやっても、俺は常に一等賞だった。特別研修生として今の会社に勤め始めたのが一二歳の時、それから今日まで仕事でしくじったことは一度もない」

「へー、すごいねー」

「あからさまな空返事をどうもありがとう、続けるぞ――俺が様々な技術を叩きこまれたのは全て作戦遂行のためだった。要するに、その気になればいつでも勝てるし、必要ならいつでも負けられるように俺は鍛えられた。だから俺には、勝敗へのこだわりってものがないんだ」

「……そっか、なるほどね」

俺にとって、勝敗は然したる問題ではない。

だからコスフェスの内情を知った俺は、まず風香を降ろすことを考えたあと、次に利益を得るための策を練った。それが久原京四郎にとって当然の感覚だったから、俺はそうした。

「お前はどうなんだ。雪代宮古は、どう思った？」

これは特に深い意味のある問いではなかった。

単純に聞かれたから聞き返しただけのこと。

しかし雪代は俺の問いに何らかの意味を汲み取ったようで、少し考えてから口を開いた。

「勝負の世界ではよくあること……だけど、よくあるからと言って、それを黙認していいわけではないと思う」

なるほど、だからこそ雪代は俺に情報を渡し、風香に協力したのだろう。

もしかしたら、そこにはもっと根深い彼女なりの事情があるのかもしれないが、そこはもはや俺の理解の及ばない部分だ。

「……ダメだな、この話はどう転んでも明るくはなりそうもない。そういえば、お前自身の活動はどうなんだ？　見たところ、風香の相手をしてばかりというわけでもないんだろう？」

「うん、フィギュアはこれからがシーズンオンだし、今は調整の追い込みって感じかな。白上さんのおかげで前から狙ってた出資団体とのラインも作れそうだし、そういう意味でも、これからが本番ってところ……って、なに？　もしかして興味あるの？　私が滑ってるとこ」

　雪代はそう言って、からかうように目を細めて俺を見上げてきた。

「それはそうだろう、友人の晴れ舞台ともなれば、気になって当然というものだ」

「私、これでも衣装にはこだわる方だから、自分で言うのもなんだけど……すごいよ？」

「なにを言っているのかわからんが、カメラの購入をぜひとも検討しておこう」

　当然のことながら俺のカメラ購入には友人の活躍を応援し、思い出として記録しておきたいという極めて純粋な意図しかないものの、やれやれ、今年の冬は熱くなりそうだ……。

「まあフィギュアの衣装って一見すると露出が多く見えるけど、肌の色の布に覆われてるから本当は露出ゼロだし、もちろん胸は邪魔だから全力で潰すんだけどね」

「よく考えたら最近のスマホのカメラって高性能だし、それでいいよな」

　ちくしょう、補正下着め余計なことをしやがって……！

「冗談はさておき、雪代よ」

「あれ、冗談だったの？」

「無論だ」

「久原くんがどうしてもって言うなら、潰す前の写真を見せてあげるけど？」

「どうして……冗談はさておき！！！」

思わず飛び出そうになった言葉をギリギリのところで喉の奥に押し戻し、口元に手を当てて笑う雪代を睨みつつ、話を続ける。

「調子は問題ないのか？　詳しくは知らんが、去年はその……大会には出なかったんだろ？」

肉体の成長が原因で、かつては全国三位まで上り詰めた雪代はその後、表舞台に出ないまま中学校生活を終えてしまったのだという。

たしか、三回転半のジャンプが跳べなくなってしまったと、雪代は言っていた。

「そうだね……確かにジャンプの幅が減ったのは痛手だけど、もともと私は構成点で稼ぐタイプだから、勝算はあるつもり。ジャンプを補う作戦もこの一年で山ほど練ってきたしね。それにいつまでも練習用ジャージで滑っていられるほど、フィギュアの寿命は長くないから」

「そうか……ならよかった」

「なに？　意味深な感じの間をあけちゃって」

「いや、それだけひたむきに努力ができるほど、フィギュアスケートが好きなんだと思ってな」

何をやっても完璧にこなしてしまう久原京四郎には苦労ができないから、苦難に直面してもなお立ち止まらずに進み続ける雪代が、俺には純粋に眩しく見えた。

口にはしないが、羨ましいと、そう思った。

「……好きとかじゃ、ないよ」

俺の内心を知らない雪代は、俺の内心を知らないまま言った。

「競技である以上、当然勝つこともあれば負けることもある。それでも勝てば飛び跳ねるほど嬉(うれ)しくて、負けたらお腹(なか)の中がねじ切れるくらい悔しくてたまらない」

そう言って、雪代は俺の視界から自分の顔を隠すように、キャップを深く被(かぶ)り直した。

「ジャンプが跳べなくなってから、何度も負けて、その度に声が嗄(か)れるくらいに大泣きして。それなのに、こんな体になってもまだ、私は競技のリンクから離れられない。

――この気持ちを、たった二文字の言葉なんかで呼ばれてたまるもんか」

振り絞るように、叫びだすのをどうにか堪(こら)えるように雪代が言ったその声は、岩にぶつかり砕けてもなお進む激流のような苛烈(かれつ)さを伴って耳に届いた。

「……すまん、軽率なことを言った」

「ううん、久原くんは悪くないよ」

顔を上げた雪代は、すでにいつもどおりの笑顔を取り戻していた。

「風香(ふうか)ちゃんがね、負けるのは別にいいって言った時に気づいたんだ。たぶんあの子は、本当に勝ち負けをどうでもいいって思ってる。たぶんそれは久原くんとも違う、風香ちゃんなりの、すごく風香ちゃんらしい理由で、あの子はこの先もずっと、そうしていられるんだと思う」

「だろうな、あいつはそういう奴だ」

そして、俺を見上げていた雪代は、いつもどおりの笑顔で言った。

「あーあ、私も風香ちゃんみたいになりたかったなあ」

＊＊＊

「――で、梶野さんとも宮古さんともテンション低めの会話しかできない話し下手の久原さんは、とうとう絶交中の私のところまで泣きべそをかいて逃げてきた、と」

「人聞きの悪いことを言うな、仲直りのディナーにご招待したと言え」

ということで、寮の近くまで雪代を送り届けた俺は、その足で白上に連絡をして一緒に焼肉を食べにきているのであった。

今夜の白上は仕事が終わっているということもあり、いつもの制服姿ではなく淡色のブラウスにロングスカートの私服スタイルだ。

髪をまとめてメガネも外し、すっかりオフのモードである。

「しょうがないだろう、なんか最近風香も雪代もピリピリしてるし、霧島はあんな感じだし、気兼ねなく話ができるのがお前くらいしかいないんだ」

「紗衣さんはいつでも素敵です。——ともあれコスフェスも数日後に迫り、内情を知っているお二人の緊張感が増すのも仕方のないことだとは思いますよ」

そう言いながら、白上は厚切りのタンを口に運んだ。

「それに、お二人はこの学園に来てまだ半年です。学園の裏側を知り、平常心でいろというのも酷な話でしょう」

「そういうお前は、なにも思わないのか?」

「と、言いますと?」

「八百長の件について、お前はどう思ってるんだ」

「それで御足が稼げるのならば、文句などあるはずもなく」

ううむ、清々しい。

こういう時、クズという生き物はわかりやすくて大変よろしい。

それにしても白上のやつ、今日はいつもより素っ気ないというか、どこか態度に棘があるような気がする。

「なあ、白上さんや」

「はい、なんでしょうか」

「まだ怒ってる？」

「いえいえ、何を怒ることがありましょうか。たかが、紗衣さんと個展を救ってくださった大恩ある久原さんたっての頼みだからこそ寝る間を惜しみ、他の仕事もなげうって完成させた提案書をその場のノリと勢いで紙屑にされ、本来得られるはずだった利益どころか稼働費さえも払っていただけない酷な仕打ちを受けた程度で傷つくほど、我々の友情は脆くありますまい」

「ごめんってー、俺も悪いと思ってるってー、ほんとほんと」

「おおかた久原さんのことですから、隣にいる風香さんの発言に振り回された挙句、風香さんの提案を格好つけて承諾したのでしょう」

　そう言いながらも、白上が肉を食う手は止まらない。俺が育てていた分まで全て食べきり、箸を置き、ナプキンで口元を拭き、ウーロン茶を一口飲んで、そこにきてようやく白上は諦めたように小さく溜息をついた。

「とはいえ、詠美さんの件で負い目があったのはこちらも同じです。ここは一つ、痛み分けということで水に流すとしましょう」

　言い終えたタイミングで、店員が個室の扉を開けて追加の肉を運んできた。それを受け取った白上は店員に、こちらから呼ぶまでは部屋に入ってこないように言いつける。

「それにしても、そうですか。梶野さんがそんなことを……」

「ああ、コスフェスの内情は、もうそれなりの噂になっていると思っていいだろうな」

もともと学園上層部にとってこれは既定路線だ。

風香のいる《息吹》がグランプリ受賞する出来レースであるという偽情報を流し、その上で梶野の《ダイアリー》が選ばれることにより陰謀論を封殺、あるいは仮初の勝利を味わわせる。

コスフェスの開催が近づき、いよいよその計画に進展があったということだろう。

「風香さんの様子はどうです？」

「俺の見た限りでは、少なくとも変化はない。周りの目を気にするタイプではないし、大きなストレスにはならないと思うが……」

「心配なのは、《息吹》の名前が出た時の学生たちの反応ですか。まあ当事者である他のチームや学園の反体制派はともかく、一般の生徒はそれほど大きな騒ぎは起こさないでしょう」

「そうなのか？」

「ええ、特に今回はカルチュアのイベントですから、個人主義者の彼らが他人の問題に首をつっこむことはそうありません。集団主義のストレングスであれば、話は違ったでしょうがね」

さすがは三年生、学園の事情をよく知っている。

三年生といえば、白上は競争の厳しいこの学園で二回無事に進級し、あとは卒業を残すのみということだ。

「時に白上、お前、自分の成績は大丈夫なのか？」

「いきなりなんですか、藪から棒に」

やや唐突な俺の質問にも白上が迷うことはなく、落ち着いた様子でサンチュに包んだカルビを口へ運び、ゆっくりと飲み込んでから彼女は口を開いた。

「久原さんに心配していただかなくとも、すでに卒業費用は払い終えていますよ」

「卒業費用？　トレーダーにはそんなものがあるのか」

「ええ、三年進級以降の収益から一二月末日までに五〇〇〇万円を支払うこと、これがトレーダーの卒業条件です」

さすがはトレーダー、卒業の可否も全ては金次第というわけだ。相変わらず可愛げがない。

「私を含め、トレーダーではすでに一〇名ほどが五月中頃には卒業費用を払い終えています。今は卒業後の活動についてスポンサーと会議をしながら僅かなモラトリアム期間を堪能中といったところですね」

「……つかぬことを伺うが、お前って実はかなり優秀な一般生徒なのか？　それになに？　スポンサーもついてるの？」

「あえて謙遜せずに言えば、そういうことになりますね。おや、言っていませんでしたか？」

あれ？　と珍しく小首をかしげる白上。

その仕草は年相応の少女らしく大変可愛らしいものの……。

「現時点での学部内純利益ランキングは第四位、六社からの出資を受け、ＳＰ獲得数は……先月末の段階でたしか全校一九位くらいだったかと思います」

ばりばりの優等生だった。

だからこの時期でも余裕綽々で焼肉食ってるのか。

そりゃあ肉も食うよな、もう支払いを終えて自由の身なんだもの。

ちなみにこの店は白上が選んだものだが、割といいお値段の店でした。

あれだけ卒業について悩んでいた梶野はこのことを知っているのだろうか。まだ知らないのならば、一発くらいビンタしても許される気はする。いや、白上に非は一つもないんだけど、心の問題として。

「急に卒業の話を持ち出したのは、梶野さんから話を聞いたからですか？」

「まあ、そんなところだ」

「彼女は……正直、厳しいでしょうね。カルチュアの最終審査には卒業制作の提出があります。これまでは優秀な他生徒の力を借りてどうにかなったかもしれませんが、今回ばかりはそうもいきません……ああ、いや、そうでもありませんか」

そう言って白上は一度言葉を止めた。

「コスフェスのグランプリに選ばれた作品のデザイナーともなれば、卒業は約束されたようなものでしょう。学園も、卒業すらできない生徒が自校の制服のデザインを担当したという醜聞は避けたいでしょうからね」

「裏事情がさらに裏事情を生む……嫌な学び舎だな、ここは」

辟易した表情を浮かべる俺を見て、白上は愉快そうに笑う。

それもそうだろう、その嫌な学び舎でこいつは三年も過ごしているのだ。

住めば都というか、朱に交われば赤くなるというか、すっかり順応して優秀な成績を収めている白上からすれば、この程度のことは笑って済ませられるレベルの話なのだろう。

「よいではありませんか。久原さんも袖すりあった相手が悲しむところなど、見なくて済むのならその方がよいでしょう？」

「それは、まあそうだがな」

梶野にとって切実な卒業の悩みも、白上にとってはもはや済んだ話で、他人事。

仕方のないことだ。

ここは才能の優劣が全てを決める『才ある若者の楽園』であり、才なき者は望まれない。

それを抜きにしても、他人の悩みを真に知ることなど、誰にもできないのだから。

＊＊＊

「それにしても敵の装備、特に防弾アーマーが面倒ですね。ただでさえ.45ＡＣＰ弾は９㎜パラベラム弾に比べて物質的貫通力が低いとなれば、こちらの攻め手はかなり制限されてしまう」

食事をほぼほぼ終えて、デザートのアイスを口に運びながら白上は言った。

ちなみに俺はアイスではなくエスプレッソ。もう今日はアイスを食べたくない。

「そこで、銃器マニアのお前に何か有効な対策はないかを聞きたいんだ。安定した効果があり、なおかつ非致死性のものが望ましいんだが」

警備会社から強奪した装備によるエンリケたちの強化、それ自体はもはや止めようがないものの、この五才星市には市場に出回らない開発中のサンプル品が数多く存在する。

銃器開発メーカーのブローカーを務める白上ならば、俺の知らない対策方法を知っている可能性は大いにある。

「特殊電流弾は……ダメですね。警備会社のアーマーは非通電性のはずですから。そもそもこちらの装備を強化してしまうというのはどうです？　お手頃価格でリースしますよ？」

「いいアイデアがあればそれでも構わないんだが、交戦が予想されるのはイベント会場内だからな。長物を持って徘徊するわけにもいかない。装備はやはり、ジャケットで隠せるサイズのものに限定したい」

アサルトライフルを持った輩が会場内を走っていようものなら、それだけでイベント即中止だろう。そんなことになったら風香にめちゃくちゃ怒られる。

「しかし敵はＰ90を使っていたのでしょう？　ガバメントではさすがに心許ないのでは？」

「ああ、だがイベント当日に会場内で潜伏する連中の装備はやはりハンドガンが中心になるはずだ。イベントが中止になればドレイクの取引が中断される可能性がある。少なくとも取引現場を強襲するまで、騒ぎを起こせないのは向こうも同じだからな」

「ふむ、となれば脅威はやはりアーマーですか。ＡＰ弾を使うのはいかがです？　貫通力なら申し分ないと思いますが」

「それは俺も考えたんだけどな、できることなら、アーマーを割らずに制圧可能な手段を模索したいんだよ、今回は」

「無茶を仰る……。そんな都合のよい方法がそう簡単に……」

そこで白上は一度言葉を止めた。

視線の先には、煌々と燃える炭火の赤い光がある。

「……いや、もしかしたらいけるかもしれませんね」

白上はカバンの中からタブレットを取り出した。

違う、これでもないとしばらく操作をしたあと、ようやく見つけた映像データを俺に見せてくる。一〇秒ほどのテスト映像を眺めてから、顔を上げた。

「――条件の全てを満たしているわけではない、が……現状ではかなり理想に近い。銃と弾薬の調達にはどれくらいかかる？」

「弾薬はメーカーの在庫を確認しますが、三日もあれば十分でしょう。銃の方は、必要ならば今日にでも用意できますよ」

そう言って微笑む白上の顔は、すでに友人のものではなく顧客にとっておきの品を売り込む商売人のものに変わっていた。

「――なにせこの銃は、この日本で民間に流通している数少ない実銃なのですから」

それから俺たちは、白上の提案を今回の作戦で活かすために最適なカスタムと、他に必要な装備について話し合った。

まだ戦力はあちらに分がある、しかし、これで逃げの一手とはならない。

戦える。ならば、勝てる――風香を守れる。

「自身の危険を顧みず、非殺傷に拘る理由はなんですか？　いかに敵の方が有利とはいえ、久原さんなら手段を選ばなければいくらでも対処は可能でしょうに」

たしかに白上の言うとおりだ。俺の精神的負担や事後処理の面倒臭さを考えなければ、連中を倒すことなど造作もない。

ほら、散々装備の差を語ってきた手前ちょっと言いにくいけど、俺って最強だから。

しかし、この学園にいる限りは、もはやそうもいかないのだ。

「――霧島とな、約束したんだ。ここにいる限りは誰も殺さないと」

久原京四郎が約束したことは、必ず果たされなければならない。

それに……これは友だちの頼みだからな。

なるべくなら、聞いてやりたいじゃないか。

「なるほど……それは、紗衣さんが久原さんに頼んだのですか？」

「ああ、そうだ」

「そうですか。では当然、久原さんはその模様を録画・録音しているとみてよろしいですね？」

「よろしいわけあるか。会話を逐一録画・録音してくる友だちとか嫌すぎるだろう。ネタに貪欲なユーチューバーか」

もうホント、これだからクズって嫌い。

人がせっかくいい感じの空気を作ってるのに、ばんばん土足で荒らしてくるんだもの。

「はあ……紗衣さんがエモいことを言ったのなら、それを確実に記録し共有する、当然のことでしょうに。いいですか久原さん、こんなことを言いたくはありませんが、自分が紗衣さんファンクラブ会員ナンバー００２である自覚を持ってください」

「俺をそんな恐ろしい秘密結社に入れるな。自覚もなけりゃあ入会した覚えもねえよ」

「ちなみに会員は私と久原さんの二名のみとなります。二人で盛り上げていきましょう」

「全然盛り上がってないじゃねえか……。もっと頑張れナンバー００１」

「そこは当然、私は同担拒否型のファンですので。久原さんは恩があるから特別に入会を許可したのです。渡すのが遅れましたが、会員証もこちらに」

そう言って白上はバッグからプラスチック製のカードを取り出した。

差し出されたそれを手に取って見ると、俺の名前と会員番号、そしておそらくは霧島をデフォルメしたのであろう、本人とは似ても似つかない笑顔とピースサインをこちらに向ける少女のイラストが描かれていた。なんだこれ。

そして、すっかりスイッチが入った白上により敵に対する傾向と対策の話題はすっかり流され、退席時間となるまでの三〇分ほど、俺は白上から『霧島紗衣という芸術家がいかに素晴らしいか』という解説を問答無用で聞かされたのであった。……なんだこれ。

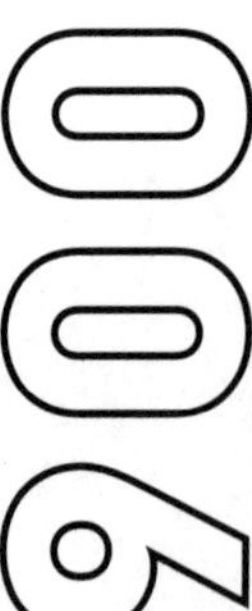

SCHOOL=PARABELLUM

その連絡が俺のもとに届いたのはコスフェスの前日、白上（しらかみ）が手配した装備を受け取り、内容の確認をちょうど終えた時のことだった。
スマートフォンに表示される三件のメッセージ通知。

『きょうちゃん、やばい』
『スタジオ、急いで来て』

緊急事態を告げる風香（ふうか）からの連絡。
最後の三件目の内容が、俺にその危険度と重要性を知らせた。

『紗衣（さえ）ちゃんがキレた』

＊＊＊

やばいかも、って思った。
梶野さんがスタジオに入ってきて、私を見て、あ、って思った。
見たことある、赤い顔。怒ってる顔。
あっち側の顔。すごく怖い、いやな顔。

「――この、卑怯者！」

あ、やっぱりだ。
やっぱりここでも、こうなった。

「なんで!?　あなたはそんなことしなくても、十分認められてるじゃない！」

梶野さんが私の胸を掴む。

ううん、違う。私じゃなくて、有馬風香(ありまふうか)の胸を、摑(つか)んでる。

だから、大丈夫。
これは、平気なやつ。

「出来レースだなんて……そこまで評価が欲しいの!? まだ足りないの!? 私なんかより、もうずっとたくさん持ってるのに……なんとか言いなさいよ！」

私は、なにも言わない。
だって、私はなにも言われてないから。
梶野(かじの)さんが見てるのは、怒られてるのは、有馬風香だから。
だから私は、なにも言えない。

「ずるい……ずるいわよ……。私にはもう、これが最後のチャンスなのに……！」

大丈夫、へーき、このくらいなら、耐えられるよ。

「なんで、あなたばっかり、全部持ってるのよ……！　私の欲しい物、全部……！」

梶野さんが手を振り上げた。

ぱちんと乾いた音がして、左のほほが打たれた。

痛みと、熱。

でも、平気。

「……なんで、なにも言わないのよ。私なんて、話す価値もないってわけ？　あなたたちの、そういうところが、いつも……いつも！」

梶野さんがもう一度手を振り上げる。

平気でも、痛いのはいやだ。

だから目を閉じて、待って、耐える。

また、ぱちんと乾いた音がする。

でも、痛みと熱は、こなかった。

「——モデルの顔に、傷をつけるな！」

目を開けると、紗衣ちゃんがいた。

はじめて聞いた、紗衣ちゃんの大きな声。

紗衣ちゃんが、梶野さんの頬を打っていた。

「あなたは表現者でしょう……。なら、よりよいものを作ることだけ考えればいい。それなのに、他人の評価なんてものを追い求めて、人を恨んで、ましてやモデルの命である体に傷をつけるなんて……恥を知りなさい！」

紗衣ちゃんは怒っていた。

私のために。私のせいで。

梶野さんは私から手を離して、紗衣ちゃんを見る。

——あ、って思った。

たぶん、やばい。

でも、私には止められない。
有馬風香なら止められるかもしれないけど、私にはできない。
だから私は、急いできょうちゃんにメッセージを送った。

『きょうちゃん、やばい』
『スタジオ、急いで来て』
『紗衣ちゃんがキレた』

きょうちゃんなら、止められる。
きょうちゃんは、きょうちゃんで、きょうちゃんのまま、久原京四郎だから。
きょうちゃんなら、なんとかしてくれる。

でも、今はまだ止まらない。

「……あなたたちはそうでしょうね。実力主義のカルチュアで、やりたいようにやって、それで十分認められて、楽しくて仕方ないでしょう。……でも、私たちは違うの！　足掻いて、藻掻いて、恨みも妬みも原動力にして、身も心も削って、それでもまだ評価されない！」

「だから、評価とか認められるとか、そういうのが——」

「——うるさい、うるさいうるさいうるさい！　才能のある奴が、上から目線で私たちに説教するな！　運良く才能があっただけなのに、綺麗事を言って正しい顔をしないでよ！」

止まらない。

「それが間違いだって言ってるの！　上とか下とか、才能とか、正しいとか、そんな不純物を混ぜ込んでいるから、あなたは——」

そこで、紗衣ちゃんは口に手を当てて言葉を止めた。

でも、言葉が止まっても、止まらない。

「あなたは……？　だから、あなたは、なに？」

梶野さんが、紗衣ちゃんと有馬風香を見る。

「そんなの、私が一番よくわかってる……。私だって、できることなら……」

あ、来る。

ちょっと、耐えられないのが、来る。

「――私だって、できることなら、あなたたちみたいになりたかった」

＊＊＊

風香からの連絡を受けた俺は、押っ取り刀でスタジオへ走った。

結果的に、スタジオに着いたらだいたい騒ぎは収まってました。

いや、ちょっと待って。そしてよく考えて？　そりゃそうじゃん。

学外にある俺の家から学内のスタジオまで、必死で走っても一五分くらいかかるの。

加えて人前に出る以上は最低限のエチケットとして部屋着から着替えたり髪を整えたりする必要があって、そうなると全部で三〇分くらいかかるの。

で、人間は三〇分あれば怒ってても大抵クールダウンするし、それだけの時間があればさすがに周りの人が止めるわけじゃん。

たしかに俺は何の役にも立たなかったけど、これ、俺が悪いのかな？

大切なのは何かの役に立とうとしたその心意気じゃない？

なにより、スタジオにたどり着いた俺を見る風香の表情でもう十分傷ついたので、これ以上俺を責めるのは勘弁していただきたい。

ということで、事態は俺が介入するまでもなく収まり、風香と梶野はそれぞれ別々に医務室へ送られ、俺はもうひとりの加害者に別室で聴取を行っているのであった。

「えーっと、あなた、霧島さんでしたっけ？」

「……なによ、今さら他人行儀に」

パイプ椅子に座って足を組み、胸の前で腕も組んでいる霧島。

さすがにもう落ち着いてはいるようだが、完璧に冷静というわけでもなさそうだ。

「なぜあのような凶行に及んだのですか？」

「ムカついたからよ」

「梶野氏に対する謝罪の気持ちは？」

「私は間違ったことはしていない」

「引退のお考えは？」

「ありません」

「道義的責任を感じないのですか？」

「資料にないので回答できません。後日弁護士を通して答えます」

この態度である。

いや、後半は俺がふざけはじめたのに乗っかってきた部分もあるのだろうが。

「そんなにツンケンするなよ。知っての通り、俺は別にお前の敵ってわけじゃない」

「……はあ、それもそうね。……生まれてはじめて、人に暴力をふるったわ」

霧島はそう言って、開いた自分の右手を見つめた。

空っぽの右手を、霧島はどうにも閉じることができずにいるようだった。

「どうだった？　はじめて人を傷つけた感想は？」

「痛かった。それに、思った以上に気分が悪いものなのね」

「痛みを感じられているうちは、まだ大丈夫さ」

「あなたが言うと、一層笑えないわ。……大丈夫といえば、あの二人は」

壁の向こう、見えるはずのない医務室へ霧島は視線をやる。

うむ、傷つけた相手の心配ができるなら、やはり大丈夫だ。

「俺が見た限りでは、二人とも骨に異常はなかったし、数日もすれば腫(は)れも引くだろう」

「……そう、風香も、数日はかかるのね」

風香とは彼女が医務室へ行く前に少し様子を見た程度だが、打たれた頬は赤くなってわずかに腫れていた。すぐに冷やせば目立つことはないだろうが、それでもやはり、完全に治るまで数日はかかるだろう。明日のコスフェスには間に合わない。

「……やっぱり、もう一度くらいぶってやればよかった」

「物騒なことを言うものじゃない。暴力で解決できる問題なんてたかが知れているぞ」

実際には国際問題やら人種間紛争やら様々な難問の解決方法の一つとして暴力が使われており、俺もそれで飯を食っているわけだが、ここではそのあたりをごろっと全部棚に上げておく。世の中には黙っておいた方がよいものがあるのだ。

「あの人の考え方は、前から思うところがあったの。作ることよりも評価を追い求めて、まるでそれが一番みたいに。……少し前までの自分を見ているようで、腹が立った」

最近彼女と知り合ったばかりの俺は、少し前の霧島というものを知らない。

しかし、それがなにを指しているのかはわかる。

おそらく霧島にも、この学園で評価を追い求めていた時期があったのだろう。

才能に恵まれた一年生の霧島でさえそうなのだ。

成り上がれないまま三年生になってしまった梶野は、なおのことだろう。

「しかし、意外と言えば意外な気もするよ」

「……どういうこと？」

「以前白上の事務所で、影響力をつけて成り上がろうとする雪代を認めるようなことを言っていただろう？　自分のことはともかく、他人についてはわりと鷹揚なのかと思っていた」

正確には認める、ではなく、多少の理解を示さないでもない、だったか。

ともあれ、場外戦術に身を置く雪代を受け入れるならば、影響力のある人物に近づく梶野のやり方も同じように考えるのかと思ったが、どうやらそうではないようだ。

俺の言葉を受けた霧島は口元に指を当てて考えをまとめはじめた。

俺には聞こえない小さな声でしばらくなにやら呟いたあと、ゆっくりと顔を上げる。

「雪代さん――彼女はアスリートで、勝ち負けに一定以上の価値がある世界で生きる人でしょう。なら、勝つために必要な行いは全て努力と言い換えられる。それは、純粋だわ」

「梶野のやり方は、純粋ではないと？」

「私たちは表現者。作ることが全てで、作った時点で全て終わっているの。出来上がったあとに与えられる評価や優劣が作品そのものを変えることはない」

「だから、不純物だと」

「私だって、評価に目が眩んだことはある。でも私は、自分の手で作ることだけはやめなかったし、不純物の混ざったものは自分の作品であろうと酷い出来だと認めていた。……わかってるわよ、私と梶野さんとでは創作に対する考え方が違うだけ、そう言いたいんでしょう？」

「いや、まだなにも言っていないけどな」

とはいえ、そういうことだろう。

きっと霧島の考え方のほうが純粋無垢で、人聞きがよく、受け入れやすい。

だが梶野の思いは、たとえ純粋ではなくとも真摯なものだ。

純粋であろうとなかろうと、真摯な思いに清濁などないだろう。

「……はあ、梶野さんに謝らなくちゃ。どんな理由があろうとも、手を上げたことは私が悪いものね。でも、謝るってどうすればいいのかしら。あなた、知ってる？」

「あー、裁判で不利にならないことを念頭に置いた謝罪の文面なら一通りは」

「一生役に立てたくないノウハウね。いいわ、自分で考えるから」

呆れ顔で霧島はそう言って溜息をつき、頭の横でひらひらと手を振った。

なんだ、裁判対策は大事だぞ、情状酌量を甘く見るとあとでエラい目に遭うのだ。

「久原……その、風香をお願いね」

「任せておけ、メンタルケアは専門外だが、あいつには必要ないだろう」

「私もそう思うけど……ねえ、あなたは最近の風香に、何か違和感を覚えない？」

「違和感？」

違和感と言われれば、そもそも有馬風香という女子が違和感の塊のような存在なのだが。

戦闘中に生きたペンギンを拾ってくる奴とか絶対におかしいだろ。

しかし、違和感か……。

「何か、感じるものがあったみたいね、あなたも」

「……ああ、確証に至るほどのものではないから言葉にはできんが、お前もか？」

「ええ、なんというか、その——まるで、普通の女の子みたいだって、思うときがあったわ」

普通、それは俺たちが有馬風香を形容する上で、けして出てくることのない言葉だ。

なんの才能もないままで、五才星学園にやってきた少女。

誇るべき特技はなく、人よりも優れたところは、生まれ持った容姿だけ。

有馬風香は何もできない、何もしない。

だからこそ、俺たちは皆、有馬風香に憧れる。

特別な才能に恵まれた俺たちが憧れる特別、それが有馬風香なのだ。

「……注意しておこう。だから、安心して今日のところはこのまま帰れ」

「ええ、あらためて、風香をよろしくね、久原」

霧島にそう言われても、俺にはなんと答えたものかよくわからなかった。

彼女の言う通り、風香に対する違和感はたしかにある。

しかし、俺の心の一角には、それを認めたがらない感情がふてぶてしく横たわっていた。

タイミングを示し合わせたかのようにスマートフォンへ通知が届く。

送り主は風香。どうやら医務室での手当てが終わったらしい。

とはいえ、今日はもうこのまま寮へ送り届ければ――。

『今夜、きょうちゃんちに泊まっていい？』

――シーツの洗濯、今からでも間に合うかな。

＊＊＊

「お風呂、借りるね」

我が家へやってきた風香は、勝手知ったるといった様子で風呂場に行ってしまった。

家までの道中、風香は珍しく口数が少なかった。

一方、このあとの展開や行程の想像と確認作業で大忙しだった俺もわりとだんまりだったので、ゆっくり話をすることもなく家にたどり着いたのであった。

――それより、考えろ、久原京四郎。

これまでのデータから、風香の入浴時間は約四〇分。上がったあとのスキンケアにはほとんど時間をかけないようで、入浴と合わせて一時間もあれば全ての支度を済ませて戻ってくる。

……支度？　支度ってなんだ？

やだ、ちょっときょうちゃんってば、なに想像してるのよ。

そりゃあそうだろう！　女子が男の家に一人で来て、風呂を借りて、泊まっていくんだぞ！

エロいことの一つも考えて当然じゃあないですか！

ダメだあ……風香のテンション的にこれからめちゃくちゃシリアスな話が始まるっぽいのに、もうエロいことしか考えられないよお……。

絶対俺は悪くねえよお、むしろ十代の男子としてはかなり健全だろうがよお。

どうしよう……そうだ、とりあえず雪代に相談しよう。

「――というわけで、人生最大のピンチとチャンスが一度に押し寄せてるんだけど、どうすればいいと思う？」

『……絶対に無関係の私を頼らなければどうしてくれてもよかったのに、残念でしかたないよ』

「そう言うな、お前に頼ったのには明確な理由があるんだ」

『……理由って？』

「俺の知り合いの中で、お前が一番エロいからだ」

『切っていい？』

「ごめんなさい、今のは全面的に俺が悪かったです。だから切らないで、一人にしちゃイヤ」

だって、あんな話をしたあとで霧島に相談するわけにもいかないし、白上は絶対まともに取り合ってくれないし、なんだかんだで面倒見がいいのって雪代ぐらいなんだもん……。

『はあ……。風香ちゃんは大変なことがあったあとで、明日にはコスフェスの本番が控えてるんだよね？　で、たぶん不安を感じている中で久原くんに頼ってきたわけでしょ？　なのになんで久原くんがそんなことになっちゃったの？　男の子ってみんなそうなの？』

「投票を募ったら絶対に多数派だという強い自信がある」

『捨てちゃいなよ、そんな自信』

頼みの綱の雪代は呆れた様子で再び溜息をつく。

でもこっちだって一大事なのだから、呆れられたとて引くわけにもいかないのである。

『いっそのこと、もうその感じで風香ちゃんの前に出ちゃいなよ。そしたら風香ちゃんもドン引きしていやらしい空気になんてならないだろうから』

「いやだ、俺は風香の前ではかっこよくて頼りになるきょうちゃんでいたいんだ」

『うわあ……かっこわる……。でもこれ、半分は真面目なアドバイスなんだけどな』

「む、どういうことだ？」

イヤホンマイクから聞こえる雪代の声を待ちながらマグカップにコーヒーを注ぐ。

雪代は「えっとね」と言ったあと、考えをまとめるための少しの静寂を作った。

『久原くんには現在、四人のお友だちがいます』

はい。雪代さん、有馬（ありま）さん、霧島さん、白上さんの四名でフルメンバーです。

……男友だちの登場が待たれるなあ。

『久原くんのお友だちは二つに分けられます。私・白上さんと、風香ちゃん・霧島さんです』

「なるほど、性悪（しょうわる）チームと良い子チームだな」

『この通話は録音されています。今のは有力な証言として保管しておきます』

「ごめんなさい、続けてください」

コーヒーを口に含むと、どうやら少し薄く淹（い）れすぎたようで、誰に見られるわけでもなく顔をしかめた。

耳を澄ませれば、風香がシャワーを浴びる水音が小さく聞こえてくる。うむ、えっちだ。

『久原くんは私たちのことを、迷惑をかけてもいい相手と、自分が面倒をみる相手に分けてるんだよ……と、現在進行系で迷惑をかけられている私は思うのです』

「そんなことは……ないと、思うが」

俺自身はみんな対等というか、それぞれに合わせてベストな対応をしているつもりだ。

『久原くんに限らず、人やコミュニティに応じて接し方を変えること自体は多かれ少なかれ誰でもやっていることではあるんだけどね』

「それ見たことか、やはり俺は悪くないな、うむ、納得だ」

『自己肯定のスピードがすごい……ここで問題なのは、久原くんの風香ちゃんたち……特に風香ちゃんに対する接し方がちょっと健全な友人関係とは言い難いってこと』

そんなことを言われても、健全な友人関係など、俺は知らない。

ましてや、風香は俺にできたはじめての友人なのだ。

正しいかそうでないかなど、わかろうはずもない。

『何を考えてるか、なんとなくわかるよ。久原くんは私たちとは違う生き方をしてきた。だから君は風香ちゃんや霧島さん、君の言う普通の人たちと距離をおいてる……というか、遠いところにいると思ってるよね』

「…………」

『私や白上さんは……自分で言いたくはないけど、考え方がたくましいというか、たぶん久原くんと感覚的に近い部分があるから、わりかし気安くて、迷惑もかけられる』

「わかった、もう十分だ。……じゃあ、いったいどうしろというんだ?」

『風香ちゃんに憧れるの、今夜だけでもやめたらいいんじゃないかな』

二口目のコーヒーは、なぜだかいつも以上に苦く感じられた。

風香への憧れを捨てる——雪代もまた、無理を言う。

「……しかしそれこそ、どうすればいいのか」

『私も人のことを言える立場でもないし、明日からはまた、困った風香ちゃんを守る優しい久原くんに戻ってもいい。だけど、今夜だけは風香ちゃんに寄り添ってあげなよ』

「寄り添う、ね……」

これまた難しいことを言う。

『とはいえ、私も風香ちゃんが羨ましいよ。そんなふうに、自分のことを必死で守ろうとしてくれる男の子がいるなんて、乙女冥利に尽きるでしょ』

「……いや、それは違うぞ?」

『違うって、なにが?』


「俺はお前のことも全力で守るよ。当たり前だろうが」


雪代だって、俺の大切な友人に変わりはない。

その雪代を傷つけようとする奴がいれば、俺はいつだって本気になる。


『――ヤバい、ちょっと本気でときめいたかも』


三口目の、さっきと変わらず薄い味のコーヒーを飲みながら、俺は笑った。

「なんだ、雪代はこういう言葉に弱かったのか?」

『私のことも、じゃなくて私だけは、だったらクリーンヒットだったかもだよ、危ない危ない……電話越しで助かっちゃった』

そう言って、雪代もくすくすと笑った。

「ともあれ、助かったよ。実行できるかはわからんが、善処はすると約束しよう」

『はいはい、がんばってね。——それと風香ちゃんに伝えておいて、教えることは全部叩き込んだから、あとは全部出しきってきなさい。寮で応援してるよ、って』

「なんだ、見に来ないのか？」

『うちとカルチュアはあんまり関係がよくないからね。変な噂が立つと私も困るし、遠くから見守ることにするよ』

「そうか……なら、伝えておくよ」

『よろしく、じゃあ……おやすみ』

「ああ、おやすみ」

電話を切ると、風香が髪を乾かすドライヤーの音が聞こえてきた。

コーヒーを半分ほどカップに残したまま、キッチンで風香用のココアを淹れる。

もうじき、風香はリビングに戻ってくるだろう。

雪代のおかげで邪念も晴れて、心も決まった。

さあ、大変長らくお待たせした。

シリアスな会話の始まりだ。

＊＊＊

「私ね、もともと学園に来るつもりじゃなかったんだ」

リビングにやってきた風香は、ココアを一口飲んでから話し始めた。

俺と並んでソファに座り、テレビで流れている映画をぼんやりと眺める風香の口から出てきたのは、俺の知らない昔の話。

「クラスの仲良しの子が五才星学園を受験するから、一緒に受けようって言われた」

風香が言うにはその同級生は役者を目指しており、周囲からそれなりに実力を認められていた彼女は、さらなる飛躍を求めてこの学園の門を叩いたらしい。

一方の風香は地元の高校を受ける予定だったのだが、その友人に請われて試験だけ受けることにした。記念受験というやつだ。

「で、受かったんだ、私だけ」

しかし、それなりに認められる程度の実力では、五才星学園(ごさいせいがくえん)の門は開かない。

梶野(かじの)の話では学園に入学した生徒のほとんどが卒業できないままここを去っていくらしいが、入学さえできない若者の数は、それ以上に多い。

それこそ数えきれないほどの若者が、楽園に辿(たど)り着(つ)けずに消えていく。

風香(ふうか)の同級生も、そのうちの一人だったということだろう。

「その子、すごくがんばってて、でも、ダメだった」

努力と実力、そして評価は比例しない。

当たり前のことだ。

だが一五歳の少女にその理解を求めるのは、あまりに酷だ。

「めっちゃ悔しがってて、泣いてて。それで、言われたんだ、私」

認められた少女と、認められなかった少女。

生まれつき特別な少女と、特別になれなかった少女。

「――風香はいいよね。私も、風香みたいになりたかった、って」

風香はテレビに映るヒロインの横顔をじっと見つめていた。

俺はその横顔を、黙ったまま見つめている。

見ていることしか、できなかった。

「学園(ここ)に来てからも、いっぱい言われた。風香はいいね、風香みたいになりたい、って」

ヒロインが主人公の男に口づけをする。

満ち足りた、幸せそうな――そう見えるように撮られた横顔が、画面に映る。

「――いいわけ、ないじゃん」

それを見つめる風香は、怒りに満ちていた。

表情は変わらない。声色(こわいろ)もいつもどおり。

しかし、その内側には何か言いしれない、風香らしくないものがたしかにあった。

「なにもしてないのに好かれて、なにもしてないのに褒められて」

有馬風香はなにもしない。

「なにもしてないのに嫌われて、なにもしてないのに、羨ましがって、離れてく」

なにをしなくとも、特別だから。

「みんなが言ってる有馬風香なんてどこにもいないくせに、私を見て、勝手なこと言って」

風香のような少女は他にいない。

特別とは、孤独ということだ。

「――そんなの、いいわけないじゃんか」

＊＊＊

「すまん、ちょっとだけ席を外すが、すぐに戻る」

そう言って俺は立ち上がり、風香を残して風呂場へ向かった。

風呂場はまだ温かい湿気とシャンプーの香りが残っていて、そこに先程まで風香がいたことを俺に伝えてきた。

それら全てをかき消すように、ノブを捻り、冷水のシャワーを頭から被る。

水は髪と頭皮を濡らし、服を通って体温を奪っていく。

だが、これではとても足りない。

熱を帯びた体を冷ますには、氷水でもきっと足りはしない。

ガソリンを塗りたくって火をつけたとしても、これほど熱くはならないだろうと思うほどに、顔が熱い。

恥が、燃え上がるほどの恥が、俺の体に冷めない熱を与えていた。

「ふざけるなよ、久原京四郎……！」

なにが万能だ、なにが天才だ。

知ったような口を聞いて、友人と呼ばれてのぼせ上がって。
友の気持ち一つさえ、微塵も理解できないくせに、自惚れるな。

当たり前の話だろうが。
風香は特別な教育を受けたわけでもなく、特別な才能があるわけでもない。
ただ容姿が優れているだけの、普通の少女だ。

――普通の少女が、身に余る評価と羨望に、耐えられるわけがないだろうが。

勝手に好かれて、期待を向けられて、身に覚えのない実績を褒められて。
時に妬まれ、時に嫌われ、疎まれることもあっただろう。
その全てを、彼女は特別だからと、そんな言葉で済まされる。

「そんなの、普通はブチ切れて当たり前の話だろうが……！」

いっそ特別な才能や価値観があったり、人とは違う生き方をしてくれれば話も違ったのかもしれないが、風香は違う。

普通のコミュニティで普通の感性を持って生まれた彼女は、波風を立てないように、普通に空気を読んで生きてきた。

感情を表に出さず、調子を崩さず、変わった少女として、上手くやり過ごしてきた。

「なのに、俺はいったい何度、あいつに憧れを向けた……！」

その身勝手な卑屈さがあいつを傷つけることなど考えもしないで、勝手に憧れて、有馬風香に夢を抱いた。――恥を知れ、久原京四郎。

思考を巡らせろ。言い訳をしている時間はない。

この憎むべき失態を今からでも取り戻す方法を――。

「――だから、そういうことじゃ、ねえだろうが！」

この期に及んで久原京四郎のやり方に頼ろうとするな。

久原京四郎ではなく、この俺が、やるべきことはすでに決まっている。

そうだ、俺は風香に――。

＊＊＊

濡れた体を拭くこともせず、俺はリビングに戻った。

「きょうちゃん、どうしたの、風邪――」

床に膝をつき、頭を下げる。

髪から滴る水が絨毯を濡らしていくのを、じっと見つめる。

この状況で俺がやるべきことなんて、一つしかない。

「――すまなかった」

俺は間違っていた。

間違って、風香を傷つけていた。

ならば、謝るしかない。

「俺はお前に、憧れていた。お前の気も知らず、お前のようになりたいと思って、きっとお前のことを傷つけた。――だから、すまなかった」

「…………」

「俺には人の気持ちがわからない。悩みや苦しみを察することが、俺は苦手だ。だからそれに胡座をかいて、勝手に諦めて、近くにいたお前をすごい奴だと決めつけた」

人はそれぞれの悩みを抱え、それぞれの道を生きていく。

人と人が互いを本当の意味で理解することなど、けしてできない。

格差、人種、思想、あらゆる争いを見てきた久原京四郎は、いつしかそう結論づけた。


――だがそれは、理解を諦めていい理由にはならないだろうが。


「……きょうちゃん、頭、あげて」

「いや、ダメだ、俺はまだお前に――」

「いいから、あげて」


そう言われても、すぐにはできなかった。

自分の頭を今以上に高い位置へ置くこと、楽な姿勢に移ること、あらゆる無礼を体が拒む。

あまりの申し訳なさに速度を上げる胸の鼓動が、このまま消えてしまえと急かしてくる。

風香を見ることさえも憚られるこの気持ちを、合わせる顔がないと、そう呼ぶのだろう。

しかし、抵抗する権利も今の俺にはありはしない。

拒む体を言い聞かせるように、ゆっくり、ゆっくりと顔をあげる。

「――えい」

顔を上げた俺の頰を、風香の拳が叩いた。

軽く、痛みも感じず、むしろ柔らかさすら覚えるほどの淡い力で、風香は俺を殴った。

頰に触れられたところで止まった風香の手は、酷く熱かった。

「きょうちゃんなら、私のことをわかってくれるって、思ってた」

「……すまなかった」

「他の人はダメでも、きょうちゃんは、他の人とは違うから」

「すまなかった」

「――そうやって私も、きょうちゃんに、勝手な期待、してたんだね」

風香は俺の頰に当てた右手を降ろさず、かわりに拳を開いて、もう片方の頰に左手を添えた。

温かい手が、濡れて冷えた頰を包む。

「だから、おあいこ。もう、恨みっこなし」

そう言って風香は、泣きそうな顔の俺を見て、泣きそうな顔で笑った。

それは俺の申し訳なさも不甲斐なさも、全て包み込んでしまう特別な微笑みだった。

「風香、お前は怒ったんだな。詠美ちゃんや、梶野に」

「……うん」

「勝手な都合に、他人事の事情に巻き込まれて、腹が立ったんだな」

「……ムカつくじゃん、そんなの」

「ああ、当然だ。それは至って普通の感情だ。なあ風香、お前はいったい、どうしたいんだ？」

俺には、人の悩みがわからない。

それでも、知ろうと努力することはできる。

その努力の積み重ねが、きっと友だちになるということなのだろう。

「言ったら引くかも。きょうちゃんでも、嫌いになるかも、私のこと」

「ならないよ。どんなことを考えていても、俺たちは友だちだ。だから、教えてくれ」

「——ぶっ壊したい。ムカつくの、全部」

「……ははっ」

そんな真面目（まじめ）な表情で、そんなにも怒って、それが、またこんなにも魅力的なんだ、風香は。

やっぱり、すごい奴（やつ）だよ、お前は。

「いいじゃないか、やってやろう。それで、具体的にはどうする？」

「出すよ、本気。たぶん、生まれてはじめて」

「はじめてって……あー、風香さん、一つ聞いてもいい？」

「どうぞ、ばっちこい」


「……お前、もしかして今までずっと意図的に手を抜いてたの？」


「うん」

「例えばその、霧島（きりしま）のモデルをやった時も？」

「ダメじゃん、モデルがゆらゆら動いたりしたら、ホントは」

「夜ラーメンしたり、スキンケアを怠ったり……」

「モデルは体作りが大事って言われたから、サボった」

……マジかよ。

「お前、実は俺よりもよっぽど悪質な不良生徒なんじゃないのか？」

「んー、そうかも。でも今回は、本気だから」

生まれついての美しさだけで、それもあえて自堕落と不真面目を貫いて、それでもなお期待の優等生と認められてきた風香。

それが雪代という優秀な師を得て、体作りから表現の技術まであますことなく教わった。

──なるほど、本気だ。

気になる。気になって仕方がない。

誰も見たことのない、本気で自分を美しく見せようとした風香の真価や、いかに。

「だからお願い。きょうちゃん、私をステージに連れてって」

「任せておけ、こんなおいしい役回り、他の奴らになんか譲ってやるもんか」

辿り着けば、きっと風香はなにかをやらかす。

想像を超えることについて、こいつはお手の物だ。

一方、俺のやるべきことはあまりにシンプル。

道中、そして会場内外で待ち受ける、ドレイクを狙ったエンリケたちの妨害を阻止すること。

簡単な仕事だ。なぜなら、それは久原京四郎の領域なのだから。

友だちの内心を知ることに比べれば、とても容易い。

「──あ、そういえば」

風香は立ち上がって、玄関に置いていた自分の荷物の方へ歩いていった。

そして、一つのスーツケースを手に戻ってくる。

「これ、鮫島さんが持ってけって」

「詠美ちゃんが？」

差し出されたスーツケースを開くと、そこには二着の制服が入っていた。

一つは見慣れた五才星学園の男子生徒用制服。

そしてもう一つは、青色が基調のセーラー服《息吹》。

男子用制服と《息吹》の隙間に一枚のメモ書きが挟まっている。

それは詠美ちゃんが俺に当てた手紙で、この二着の制服の裏地には防弾繊維であるドレイクが用いられており、ハンドガンやサブマシンガンのような小口径銃であればある程度防ぐことができると書かれていた。

とはいえ、薄い繊維のドレイクだけでは防弾性は確かでも耐衝撃性までは保証しかねるから、実際に弾が当たれば死ぬほど痛いぞ、とも。

「鮫島さん、さっき医務室に来て、明日はこれを着てこいって」

「助かる。そもそも、お前に弾が当たるようなヘマをするつもりはないがな」

詠美ちゃんにしても、これは苦渋の決断だったに違いない。

ドレイクを使った服を増やせば、それだけ奪取されるリスクが高まる。

奪取されれば、その時点で取引は失敗だ。

「――よし、話も終わったし、行こっか、散歩」

「散歩って……遠くはダメだぞ、もう夜だし、何があるかもわからんからな」

「じゃ、その辺の自販機とか、行こ」

そう言って風香（ふうか）は立ち上がり、右手を俺に差し出してきた。

それから俺たちは近くの自動販売機までの道のりを、わざと少し遠回りして歩いた。

通る必要のない林道を通って、丸い月を見上げながらベンチで少し休んで。

自動販売機で買ったリンゴジュースのペットボトルを風香は左手で持って、俺は缶コーヒーをつまむようにして右手で持って歩いた。

いつもは繋（つな）がないもう片方の手を、今夜だけは繋いで歩いた。

それは、俺たちが友だちとしてほんの少し仲良くなった証（あかし）だった。

SCHOOL=PARABELLUM

朝七時三〇分、リビングでソファに横たわり目を閉じていた俺の耳に、車のエンジン音が聞こえてくる。車両の数は三台。エンジンが停止。人の声と、車のドアが閉まる音。

制服を着たまま寝たのは、やはり正解だったな。

目を開け、体を起こし、横のテーブルに置いてある二丁の銃を確認する。

マガジンと弾薬のホルスターを腰に巻き、ベルトの背面にガバメントを差し込む。もう一丁の銃を手に取って、リビングから廊下、二階へ上がる。

「風香、起きてるか、入るぞ」

ノックを二回して、寝ぼけたうめき声が聞こえたのを確認してから客間へ入る。

どうやら風香は今しがた起きたところのようで、掛け布団がかかったままベッドから体を起こしてこちらを見ていた。

「おぁよ……ございま……」

「ああ、おはよう。ゲストが来た、出発の準備をしてくれ」

肩を叩いて急かすと、寝ぼけ眼の風香は顔を洗うように両手で頬を擦ってからこちらを見た。

「……あれ……きょうちゃん」

「時間がない、今日は寝ぼけるのもほどほどにして目を覚ませ」

我が家の侵入経路は玄関と庭の窓に限られるが、庭の窓はシャッターを閉めているし、それを力づくで破れば騒ぎになる。玄関の解錠には多少の時間がかかるはずだ。その間に風香を連れて脱出する準備を整えなければ。

「……きょうちゃんってば、女の子の部屋に入って……やらしいんだ」

「時間がないから！　ほんとに！　緊張感を持ってくれませんかね！」

「うい……ティッシュ、ちょうだい……」

「洟ならあとでいくらでもかませてやる、だから今は――」

「いいから……ティッシュ……」

風香は手探りでベッドの脇に置いてあったティッシュペーパーを一枚取り、可愛らしい音を鳴らしながら洟をかんだ。

「――よし、おっけー。じゃ、準備するわ」

「なにその超意外な特技……」

お目々はぱっちり声もハッキリ、風香ちゃん、完全覚醒であった。

であった、じゃねえよ。こんな緊急事態に隠し芸を披露するな。気になるだろうが。

「……まあいい、準備にはどれくらいかかる?」

「んあー、着替えるだけだから、すぐ終わるよ」

コスフェスは学園内ではなく市内のイベントホールで行われる。

会場入り予定時刻は一〇時、会場まではスムーズに行けば一時間で到着するが、穏便にすまなければ、目処は立たなくなる。

「どうせちゃんとしたメイクは現場でやるし、今はすっぴんで行くから、へいき」

「そうか、助かる」

「それに、どうせいつもテキトーだし、メイク。女子高生っぽいから、やってるだけ」

「なら、一刻も早く着替えてここを出るぞ、時間稼ぎは俺が——って、きゃあ!」

思わず悲鳴を上げながら両手で目を覆い隠す。きゃあって言っちゃった。

でも、しょうがないじゃない!

「あ、ごめん」

「お、おま……お前なあ!!!」

——だって、風香ちゃんが俺の前で突然脱ぎ始めたんですもの!!!

ヘソと、肋骨と、ブラが! 我が目の前に!!!

もういいよ、アクションパートとか。

エンリケたちには事情を説明して帰ってもらって、あとはこの時間を存分に楽しもうぜ。

今この状況よりも大事な光景なんてどこにもないよ。

せいぜいラピュタ発見くらいだよ。

ブラジャーは本当にあったんだ……。

「あんま見ないで、さすがにちょっと恥ずい」

「ちょっと？　うそ、ちょっとしか恥ずくないの？」

「体を見られるのは、モデルの仕事」

「こんな時にはじめてのプロ意識を発揮するな！　というかそもそもいきなり脱ぐな！」

「でも、このままじゃ行けないし、後ろ向いてて」

言われるがまま風香に背を向ける。

落ち着け、今は動揺している場合じゃない。

思い出せ、アカデミアに脳内記憶をＢ１ポスターで現像する技術はまだないのか？

ちがう、そうじゃない。

衣擦れの音が鼓膜を揺らす。ほんのりいい匂いもしてる気がする。

今、俺の後ろで女子が着替えている……！　なのに俺は何もできない……！

俺は、弱い……！

「――いいよ、こっち見ても」

数分にも満たない葛藤(かっとう)のあいだに着替えを終えたらしく、振り向くとそこには着衣の風香がいた。いや、さっきも裾をめくり上げただけで全体的に着衣だったんだけど、俺の精神的には着衣の風香へと変わっていた。

それとほぼ同時に、ポケットに入れておいたスマートフォンに通知が届く。玄関の暗証番号キーが不正なアクセスにより解錠された。つまり、奴(やつ)らが来た。

「ぎりぎり間に合ったな。奴らが来る、俺のそばを離れるなよ」

「うん……きょうちゃんこそ大丈夫? まだ赤いけど、顔」

「戦士だからな、戦いの前で高揚しているんだ。そういうことにしておいてください」

「おっけー。きょうちゃんはえっち」

そう言いながら、風香は俺の背中に隠れるようにして立った。

風香と扉の間に立ち、右手で銃を構える。

左手は背中へ回し、ガバメントの感触を確かめる。

階下からは男たちの声。階段を上り、こちらへ近づいてくる。

数は……おそらく二人。他の連中は一階を捜索中か。

白上(しらかみ)から受け取ったとっておきの逸品、その照準を扉の中央に合わせる。

「行くぞ、風香」

「……うん、信じてるから」

ジャケットの裾を掴む風香の手に籠められた力を背中で感じながら、目を閉じて、頭の中のスイッチを久原京四郎に切り替える。

少しの静寂のあと、ドアが蹴破られた。

それに合わせて、俺は躊躇いなく引き金をひいた。

銃口が火を吹く。激しい音とともに、火花が視界と、その先にいる敵を覆い尽くす。

白上が用意した品。

――ベネリM4・ベリーショートバレル・ソードオフカスタム。

籠められた弾は、炎を放つ龍の息吹、ドラゴンブレス弾。

12ゲージショットシェルに封入された無数のマグネシウム・ペレットが発火炎により着火し、辺り一面に拡散する。

通常のショットガン弾薬に比べて対物・対人の威力は低く非致死性である一方、火災をはじめとした周辺被害の危険から、所持・使用が禁止された国もある焼夷弾。

警察や軍隊などの公的記録で使われたことがないマニアックな品であるためすっかり忘れていたが、多人数を相手取る状況での牽制としてはこの上ない。

「別名・敷金償却火炎弾（久原京四郎命名）、これが俺の秘密兵器だ……！」

壁紙とドアを焼きながら放たれる炎の飛沫を受けて、廊下にいた二人の男は両手で顔を覆い身を庇った。

その隙に拳銃を抜き、曲げた右腕と交差させるかたちで左腕を固定して銃を構える。

最初に狙うは手前の男の腹。両手で顔を覆ったことにより空いたその腹を、ガバメントが銃声とともに撃ち抜く。続けてもう一発。.45ＡＣＰ弾は二発とも狙いを過たず命中する。

男たちの腹はアーマープレートで守られており、通常の弾は通らない。

——だが、今はそれでいい。

通っては困るのだ。貫通しては、殺してしまう。

貫通こそしなくとも、亜音速で衝突する弾頭の威力は甚大だ。

アーマープレート越しでもその痛みは計り知れない。

手前の男が蹲る。奥の男が体を覆う火を片手で払いながら、もう片手に握る拳銃をこちらへ向けようと持ち上げる。その前に、奥の男の腹に目掛けて右手のベネリを再び放つ。

蹲っている手前の男の……ああもう、手前とか奥とかわかりにくい！　敵Aの腕を摑み部屋の中へ引き寄せ、倒れ込んだAの両前腕部をガバメントで撃つ。

腕を覆う防弾ジャケットは弾を貫通させない。しかし、これで腕は折れた。

続けて狙うは敵Bの右脚の脛。脚を潰され頽れるBの頭を踵で蹴りつけ、壁に叩きつける。

「俺は先に廊下へ出て安全を確保する！　風香は俺が合図をしたら来い！」

「うん、待ってる」

倒した二人の体を乗り越えて、身を低くしながら廊下から階段へ向かう。

階下から三人の男が上がってきている。ベネリを撃ち、連中の視界を奪ったところで間髪いれずにガバメントで階段の中ほどにいたCの脚を撃つ。弾を撃ち尽くしたガバメントのスライドが下がり、同時にCが下にいるDとEを巻き込みながら階段を転がり落ちていった。

三人を始末しようと足を踏み出したところで、一階からこちらへ向けてFが発砲。放たれた四発の銃弾が足元の壁に穴を空ける。

「――っ！　危ねえなあ！」

ベネリに残る四発をF目掛けて打ち切ると、廊下は太陽を撒き散らしたように明るくなった。

弾切れになったベネリをジャケットの内側にしまってから、纏れるように重なって倒れているC～Eの下へ急ぐ。Cから奪い取った拳銃で三人の手足を潰す。

ジャケットの炎を手で振り払おうとしているFへ向かって走り、力ずくで押し倒す。

両腕を足で封じ、馬乗りになった状態でヘルメットを外して、出てきたFの頭をCから奪った銃のグリップの底で殴りつけた。

Fが鼻血を出して動かなくなったことを確認し、銃を放り捨て、ベネリを取り出す。

腰のホルダーに取り付けたドラゴンブレス弾を抜き取ったそばから詰め込んでいく。

「……これで、全部か？」

息を整えながらガバメントのマガジンを差し替え、リビングの安全を確かめる。

敵の姿はない。俺たちが逃げ出すことを考えれば地下に潜む必要もないはずだ。

「……風香！　下りてきていいぞ！」

呼びかけると、風香はすぐにやってきた。

「もう大丈夫そう？」

「ひとまずはな。騒ぎを聞きつけて追手（おって）が来ないとも限らない。連中の車を奪って脱出するぞ」

その時、玄関のチャイムが鳴った。

無機質な機械音は静寂を取り戻した屋内に嫌味なほど響き渡る。

「リビングは安全だ。キッチンの裏に隠れていろ」

「……うん、わかった」

風香がリビングに入ったことを確認してから、ベネリを手に、ゆっくりとした歩みで玄関へ向かう。頰を伝う汗は、ドラゴンブレス弾の炎の暑さだけが原因ではないだろう。

玄関ドアの磨りガラス越しに人影が見える。背丈から男性。その腹に照準を合わせ、左手でドアノブを握る。ドアはいつもよりよっぽど重く感じた。

——呼吸を一つして、息を整えてから、ドアを一気に開ける。

「……その、近隣から騒音の苦情が来ておりまして」

扉の向こうにいた男は、震えた声でそう言った。

男というか、おまわりさんだった。

おまわりさんは俺の顔とベネリの銃口を見ながら、震える両手を顔の高さまで上げる。

「……ここで、何を？」

「あー、その、ですね……」

銃を下げて振り返る。

目の前には、いまだ燃える壁紙と、倒れて呻き声を上げる武装した男たち。

そして、リビングからひょこっと顔を出す可愛い風香ちゃん。

「その、イツメンと屋内ＢＢＱを少々……」

我ながら無理のある言い訳だった。

――え？　もしかしてまたブタ箱コース？

＊＊＊

「……上と確認が取れました。こちらはお返しします」

そう言って、警官は俺が詠美ちゃんから預かったＴＭＣ社の社員証を返してきた。

危ねえ……。マジで冷や汗をかいた。

俺が社員証を取り出すよりも彼が手錠を手に取る方が早かったら、確実にブタ箱の流れだったぞ……。よかった……社員証に警察庁の認印があることを思い出して本当によかった……。

ビバ国家権力、やっぱいざという時に頼れるのは行政だわ。

「とりあえず、詳しく説明してもらっていいですか？」

「申し訳ないが極秘の案件だ、俺からは何も言えない。この件については五才星学園アカデミア学部長代理・鮫島詠美に連絡してくれ」

「学部長……なるほど、承知しました」

警官は戸惑いながらも頷いた。

目の前に明らかな発砲事件の現場があってもこの対応、五才星市の教育は末端まで行き届いているらしい。いいぞ、今だけは腐敗ではなく発酵と呼んでやろう。

「俺はこの子を護送しなければいけない。事後処理を頼む」

「護送……？　り、了解です」

「それと、もう一つ頼みがあるんだが、いいか？」

「……なんでしょうか」

警官は緊張した面持ちで唾を飲み込み、姿勢を正した。

俺は一度玄関を離れ、先ほど倒した男の首根っこを摑んで連れてくる。

「こいつらが持ってる車の鍵、探すの手伝って？」

＊＊＊

——はじめまして、あるいはご無沙汰しております、でしょうか。

霧島紗衣です。

八時現在、私はコスフェスの会場である五才星ブリリアガーデン、参加チーム控室にいます。

モデルよりもスタッフチームの入り時間は早く、場内はメイクやスタイリスト、運営スタッフがそこらじゅうを走り回っています。

デザインのアドバイザーということでイベント当日は特にやることもない私は、こうして《ダイアリー》チームの控室に引きこもって所在なく座っているというわけです。

――有り体に言って、すごく居心地が悪い。

「…………」

「…………」

この居心地の悪さはおそらく、先ほど打ち合わせを終えて他のスタッフを送り出した梶野さんと二人きりという状況も大きく起因している。

というか気まずさのメインコンテンツがそこにある。

梶野さんはいつもならゴムで束ねている髪を下ろしていた。その原因が右頬に貼られたガーゼを隠すためであることは容易に理解できる。気まずい。実に気まずい。

加害者としては見るに堪えないから、しばらく《ご自由にお飲みください》と用意されたペットボトルの緑茶の原材料表示を熟読していたのだけれど、四周目ともなるとそろそろ限界だ。

心配の種だった風香は今朝から何度かメッセージを送っていたものの返信がなかったのだが、先ほどようやく連絡が来た。可愛らしいスタンプが一つ。呑気か。

その後、改めて送られてきた短いメッセージを見る限り、二人はとても安全とは言い難い状況にあるようだったが、おそらく大丈夫だろうと私は思っている。

楽観にすぎると言われては元も子もないけれど、久原ならきっと風香を無事に連れてきてくれると、彼に救われた身としては、信じずにはいられなかった。

むしろ、状況説明のあとに送られてきた『てか』『きょうちゃんにブラ見られた』『はずい』というメッセージの方がよっぽど問題だった。

何があった。悪党に襲われている最中にブラを見られるシチュエーションってなんだ。

「――ねえ、あんた」

「っ！！！」

びっくりした。

考え事の最中で油断しているというのもあったけど、まさか向こうから声をかけてくるとは思ってもいなかったから、驚きのあまり数センチほど飛び上がってしまった。

というか、あんたって呼ばれた。

昨日まで紗衣ちゃんだったのに。

お友だちランクが露骨に下がっている。いや、仕方のないことだとは思うけれど。

「……そんな驚くこと？　同じ部屋にいて、知らない仲じゃないんだから、話しかけることだってあるでしょう」

「そ……そうなんですか。……すみ、すみません、そういった経験に、乏しいので」

「たしかにあんたって友だち少なそうだもんね」

　どうしよう、すでにだいぶ泣きそうだ。

　縋るように控室の扉へ視線を送っても、誰かが入ってくる様子はない。

「言っておくけど、しばらくは二人きりよ。他のみんなには、少しのあいだ席を外してもらうようにお願いしたからね」

　ここが地獄か。

　なぜそうも私が絶望する仕打ちばかりできるのだろうか。

　もともと梶野（かじの）さんはとてもよく気が回る人だったけれど、その気遣いを反転させればすなわち相手の嫌がることができるということなのかもしれない。嫌な特技の有効活用だ。

「別に、嫌がらせってわけじゃないからね」

「え、エスパー……？」

「そのあからさまに困った顔を見れば誰でもわかるわよ。こういう時は、外野がいると話しにくいこともあるでしょう。だから出ていってもらったの」

「……そういう、ものですか」

梶野さんは溜息をつきながらこちらへ歩いてくると、私の隣に座った。

「そういうものなの。ということで、私の気が済むまでとことん話し合うから、覚悟してね」

――風香、久原。

あなたたちは今、こちらへ向かうために文字通り万難を排しているところなのでしょう。

私は友人として、あなたたちの無事を心の底から祈っています。

どうかひとつの怪我もなく、あなたたちがこの会場へ辿り着けますように。

そしてどうかお願いだから、この状況から私を救い出してください。……助けて！

＊＊＊

――どうもしばらくぶりですね。久原京四郎です。

俺たちは今、我が家を強襲した敵の装甲車を奪ってコスフェスの会場である五才星ブリリアガーデンに向かっているところです。

きっと会場では一足先に現場しているはずの霧島が、俺たちの到着を心待ちにしていることでしょう。すまない霧島、会場まではもうしばらくかかりそうだ。

「風香！　頭を下げてろ！」

前方を走る車両のバックドアが上下に開き、機関銃の銃口がこちらを睨みつける。

男がグリップを握った拍子に、銃口がゆらりと揺れた。それから一拍置いて、その機関銃は火を吹いた。

車両前面に無数の銃弾を浴びて、飛沫のような火花が上がる。衝撃にハンドルが取られかけるのを必死で堪えながら、アクセルを思いきり踏み込んだ。

「――防弾車両とわかっちゃいても、さすがにビビるぞ、この野郎！」

追突の衝撃で機関銃を構えていた男がバランスを崩す。

銃撃が止んだのを見て、ジャケットの内ポケットに入れていた発煙弾を取り出し、ピンを口で引き抜いて、開けた窓から前方車両のバックドア目掛けて放り投げる。

「お返しだ！」

凄まじい勢いで立ち込めた煙が敵車両の内部を埋め尽くす。

ダメ押しにもう一度アクセルを踏み込んで敵車両の尻を思いきり叩いてやると、慌てて踏んだ急ブレーキによってコントロールを失った車体は横転した。

巻き込まれないように速度を落とすと、後続の車両と横並びになった。

助手席にいた男が窓から拳銃でこちらを撃つ。しかし、弾丸が窓を貫くことはない。

弾切れを起こした拳銃がスライドを下げた。

男が焦った様子でマガジンを入れ替えようとするのを見て、ハンドルを右に切り体当たりを仕掛ける。男の手から替えのマガジンが落ちる。

その隙にこちらも窓を開けて、ベネリの銃口の先端を敵車両の中に入れる。

「いいことを教えてやる。一つ、残弾数の確認はけして欠かすな。二つ、ノックはもっと優しくするもんだ。中に可愛いＪＫがいるならよっぽどな」

最後の〝な〟の音に合わせてベネリの引き金を二回ひく。敵車両内に広がる炎は運転手の視界とハンドルを握る気力を奪い、大きく右に逸れた車両は反対車線に入って正面から来るトラックにぶつかった。

トラックのクラクションと鉄の拉げる音が重なって、辺り一面の視線と注目をかき集める。


――決まった。今のはめちゃくちゃかっこよかっただろ……。


見てたか、風香。

このスタイリッシュな久原京四郎の勇姿、ぜひとも周囲のＪＫの皆さんに伝えてくれ……。

「きょうちゃん、後ろになんかある」

全然見てなかった。悲しい。

風香はリクライニングシートを倒して後部座席を物色している。どうやらエンリケたちが警備会社から奪った装備が転がっているらしい。何はともあれ、その体勢は危険だからやめろ。

「鉄砲、使う？　説明書もあるよ」

「読み上げてくれるか？」

後続の車両との距離を確認しつつ、風香に問いかける。

「えっと……えんぷ、ぐれんあで、あけみ」

「よくがんばったな、説明書くれ、自分で読むから」

ハンドルを片手で押さえ、手渡された紙に目を通す。

あー、全文英語で書かれてら。これは風香に読めと言った俺が悪かったね。

《EMP Grenade——AKM42》

説明書には、発射から数秒で起爆し、半径五メートル内の電子機器を電磁パルスにより無効化する新型非殺傷兵器の試験機であると書かれている。

「……どう？　使えそう？」

「大手柄だ。ちょっとハンドルを押さえていてくれるか」

速度を維持したまま風香にハンドルを任せ、シートを倒して後部座席から銃と弾を回収した。

アサルトライフルのアンダーバレルに取り付けられていたランチャー部を外し、弾を込める。

バックミラーに目をやると、ちょうど新手が距離を詰めていた。距離はおよそ二〇メートル。

ルーフからロケットランチャー(RPG)を持った男が顔を出す。

いかに防弾車両とはいえ、あんなもんが当たったら下手すりゃマイクロチップ入りのピアスも粉々になるぞ。やけっぱちかよ。

とはいえ、俺の心にもはや焦りはない。ハンドルを切ると同時にブレーキをかけ、ギアをリバースに入れる。こちらはバックの状態で、二台の車両が正面から見つめ合う。

男のＲＰＧがこちらへ向けて構えられた。俺もガバメントを手に窓から腕を出し、ルーフの男を目掛けて発砲する。瞬きほどの僅かな差、それでも先に引き金をひいたのは俺だった。

飛び出した弾丸は男の左肩を撃ち抜き、ＲＰＧの照準がずれる。発射された弾頭は俺たちの左へ逸れて、着弾地点が文字通り弾け飛ぶ。

大きな衝撃が車体を揺らす。片手でハンドルを操り、ハンドガンからグレネードランチャーに持ち替える。先ほどよりも余裕のある動作で、敵車両の方向を狙う。

細かい照準の操作は必要ない。なにせ今度は、半径五メートル以内に当てればいいのだ。

引き金をひく。ぽんと軽い音とともに擲弾が射出され、放物線を描いたのちに地面を転がる。

敵車両が擲弾を通過すると同時に、車両の下に生まれた激しい光がその影をかき消した。

車両が減速し、停まる。運転席の男が焦った様子を見せるも、再始動する気配はない。

人を傷つけず、電子機器のみを攻撃する兵器、ＥＭＰ。

霧島との約束を守るために、まさしくこいつはうってつけだ。

「……敵、止まったの？」

「ああ、お前が見つけた武器のおかげだ。これがあれば、どれだけ敵の車が追いかけてこようともみんな追い払える」

ハンドルを切り、バックで走らせていた車の向きを直す。

会場まではまだ少し時間がかかるものの、この分なら問題なくたどり着ける。

「──よかった、私、きょうちゃんの役に立てた」

「言っただろう、大手柄だよ」

そう言って左拳を風香に向けると、風香はそこへ右手をコツンと当てて、満足気に笑った。

「……でも、地味だね、あれ」

「……贅沢言うなよ」

＊＊＊

「──私は、あんたたちみたいにはなれなかった」

梶野さんはそう言って、水のペットボトルの蓋を開けて口をつけた。

たった一口に長い時間をかけて飲み込む姿は、今の一言が彼女にとってどれほど苦く重いものであるのかを、私に感じさせた。

「地元では神童と持て囃されて、この学園で、二十歳を待つこともなく自分がただの人だとつきつけられた。自分の作ったものが最低評価を受けた時のことは、今でも夢に見るわ」

「……………」

「誇りと人生を全てかけた作品に、一切の価値がないと言われるのがどんな気持ちかわかる？何度も吐いたあとに、最高の出来だと信じた自分の作品を、自分の手でゴミ箱に捨てるのが、いったいどんな気持ちか……あんたは、知らないほうがいい」

聞くだけで、内臓に何本も針を刺されたような心地がした。

昨日久原に言ったことは私の本心だ。

表現者にとって作品は作るためにこそ作るべきで、そこに評価や承認を求めるのは不純なこと。その考えはけして変わらない。

でも、だからといって、自分が丹精を込めて作ったものを否定されても傷つかないなんて。

そんなのは、嘘だ。

ペットボトルを床に置いたあと、梶野さんは足を組んで、そこに肘を置き、俯きながら指で眉間を押さえた。

下ろした髪が暖簾のように私の視界から彼女の顔を遮る。

それでもわかる。

髪の僅かな隙間に見える梶野さんの横顔が、彼女の過ごした三年を雄弁に物語っていた。

「……梶野さん？」

「何？　いいわよ、言いたいことがあったら、好きなだけ言いなさいよ」

「……服を作るの、好きですか？」

酷な質問であることはわかっていた。

でも、今の私にはこれをどうしても聞かなければいけなくて、私には気の利いた聞き方もわからなかったから、思ったことをそのまま口にした。

きっと梶野さんだったらもっとうまく、相手を傷つかないように聞けたのだろうと、思った。

「嫌いよ。褒められないし、認められない。作れば作るだけ残ったプライドもへし折られていく。楽しくもないし、ただ惰性で続けているだけ。だから、服を作るのなんて、本当は大嫌い」

梶野さんの言葉が揺れていく。

その揺れは少しずつ大きくなって、互いにぶつかる波動になって。

彼女の声と心を、砕いて、裂いて、散らした。

「嫌いに、決まってる……！　だって、こんなに辛(つら)くて苦しいのに、それでもまだ好きだなんて……そんなの、惨(みじ)めなだけじゃない……！」

顔を覆う指の、ミシン針が刻んだ無数の傷跡。

痩(や)せて骨ばった手首、その下に覗(のぞ)く血色の悪い頬。

きっと彼女はこうやって、軋(きし)むような嗚咽(おえつ)の音を鳴らしながら、ずっと進んできたのだろう。

光の見えない焼け野が原に這(は)いつくばって、それでも彼女は、逃げなかったのだ。

そして今、丸めた背中を震わせて、両手を涙で濡(ぬ)らしながら、彼女はここにいる。

もう何度目になろうかという戦いの場に、立ち向かっている。

その姿は、なんと勇ましく、なんと美しいことだろうかと、私は思った。

「私の方が絶対にいいものを作ってる……！　あいつらが楽しみながら作った服に、私の服が負けるもんか……！　技術や理論に媚(こ)びてなにがいけないのよ！　あんたたちが褒めるようなセンスも感性もない私から、努力の仕方まで奪わないでよ！　そんなものより大事なのは情熱や愛情だなんて、たまたま才能に恵まれただけの怠け者が、上から目線で偉そうに……！」

彼女の頬からこぼれ落ちる一滴の怒りの雫(しずく)が、私の耳から音という音を奪い去る。

扉の外の喧騒なんて一つも耳に入らなくなるほどに、彼女の怒りは純粋で澄みきっていた。

「——よかった。二人とも、ここにいた」

私の意識が生んだその静寂を取り払ったのは、梶野さんの嗚咽にも劣らぬ濁りのない声。純粋で、無垢で、馴染みのあるその声のする方へ、私はぱっと顔を上げた。

「……風香」

「うん、おはよ」

風香は私を見て微笑んだあと、梶野さんを見ながらゆっくりと歩いてきた。髪は乱れて、汗をかき、わずかに息が乱れている。

「無事でよかった……。久原は、一緒じゃないの？」

「きょうちゃんとは、さっき別れた。まだやることがあるからって」

これ、もらうね——そう言って風香は梶野さんの足元に置かれていたペットボトルを手に取り、口をつけた。こくり、こくりと水を飲み、息を吐きながら口を離す。

「……何よ、その格好」

顔を上げた梶野さんが、風香を見てそう言った。

「勝つことはもう決まってるから、どんな格好でもいいってわけ?」

そうして、梶野さんは笑った。

私の耳には、また彼女の軋む音が聞こえてきた。

「ううん、違うよ」

その軋む音は、風香の耳に届いていないのだろうか。

それとも、聞こえていてもなお、風香は変わらないままでいるのだろうか。

わからなかった。

想像すらもつかないほどに、目の前の彼女は、いつもとどこか違っていた。


「——これが、今の私で、本気の私」


風香は耳元の髪をかきあげて、青い石の嵌ったピアスを外し、梶野さんの手に渡した。

「私には、出来レースとかそういうの、よくわかんないけど……」

そして、耳に残ったピアスの穴を指でそっと撫でた。

「今日だけは、本気でやって、ちゃんと勝つから。だから、最後までちゃんと見ててください」

そう言って、負けることが決まっている天才は、勝つことが決まっている凡人に頭を下げた。

《息吹》がグランプリを受賞するなんていうのは運営が流した真っ赤な嘘で、真の受賞作が《ダイアリー》であることを、私と風香は知っている。

ちゃんと勝つ、その言葉がどれほど滑稽なものであるかを、たしかに私は理解している。

しかし私は今、その滑稽な言葉を口にした風香の表情に、理解の先を感じていた。

それはどうやら、私たちとは認識の違う梶野さんも同じようだった。

《息吹》が勝つと思っている彼女にとって、風香の言葉は怒りを煽るもののように聞こえたことだろう。しかし、風香を見つめる梶野さんの瞳に、そのような怒りは感じられなかった。

きっとそれは、梶野さんもまた、風香の表情に理解の先を見たからだろうと、私は思った。


「……なによそれ、どういう意味？」

「ん、見ればわかるよ、たぶん」


私の知っている有馬風香は、周囲の色や空気に濁らない、隔絶と無垢に満ちた少女だ。

だから私は以前、風香を描くにあたり彼女とそれ以外を異なる手法で分けて描いた。

それが有馬風香の自然なのだと、そう思ったから。

だけど、それは間違っていたのかも知れない。

透明なガラスで囲い、綺麗な水で満たして、その中を優雅に泳ぐ魚は美しい。
藻と石を入れて飾れば、海中を切り取ったようにも見えるだろう。
しかしそれは、けして自然ではない。
海の中で泳ぐ以外、魚にとっての自然はない。
雨が降れば濁り、食い散らかされた死骸の浮かぶ海の中。
その中を生きることだけが、魚にとっての、本当なのだ。

思考がそこへ行き着いて、私は気づいた。
きっと風香は、水槽から出る決意を固めたのだと。
私たちと暮らすための無垢な檻を壊して、本当の場所に戻った。
彼女がいるべき、自然の世界に。

「じゃあ、行くね」

そう言って風香は、私たちに背を向けて、扉へと歩いていった。
剝がれ落ちた鱗のようなピアスを残し、青いドレスの裾を揺らして。
私たちのことなど気にも留めずに、進んでいく。

その後ろ姿は、まるで深海を泳ぐ獣のように恐ろしく、美しかった。

＊＊＊

「――これで、七人。いったい何人隠れてんだよ、まったく」

息を整えながら、絞め落とした男の体を清掃用具入れに放り込む。

マガジンを差し替え、トイレから出て、民間人に紛れながら会場を移動する。

風香を送り届けたあと、俺は会場内に潜伏した敵部隊を殲滅するべく行動していた。

耳にはめたイヤホンに着信の通知が入る。

『お互いに息をつくヒマもねえなあ、久原ちゃん』

「朝から戦いっぱなしでもう疲れた……保健室で休んでいい……？」

『残念ながらお前が倒した奴らで満員だよ、ど阿呆。運営スタッフの中から内通者を見つけたぜ。お前さんの言ったとおり、反体制派が潜んでいやがった』

「そうか、なんとしても情報を吐かせろ」

『ちょうど今しがたお茶会が終わったところさ。会場内に潜伏したのは一〇人、搬入スタッフとして忍び込んでいた二人は警備員が捕まえた』

「こっちは七人やった。場所を送る。あと一人は、これから捕まえにいく」

残るのが一人となれば、潜伏先の見当はつく。

『会場内には警備を多数配置した。他にやることはあるか？』

「じゃあ、第三地下駐車場に民間人が入り込まないように封鎖しておいてくれ」

『第三……なるほど、すぐに手配する』

「あと健康ランドの回数券を買っておいてくれ。この仕事が終わったら入り浸るから」

『そこそこ稼いでんだろうが、テメエで払え。……死ぬんじゃねえぞ、アタシが任せた仕事で逝かれたんじゃあ寝覚めが悪い』

「デレるならもっと可愛い言葉遣いで頼む、それじゃあ萌えるに萌えられない」

舌打ちをしたあと、詠美ちゃんは小さく笑って電話を切った。

さて、最後の大仕事だ。


五才星ブリリアガーデンには三つの駐車場がある。

機材搬入と関係者の出入りの用途で使われる第一地下駐車場。

来場者のために開放されている第二地下駐車場。

そしてスタッフも来場者も出入りを禁止されているのが、残る第三地下駐車場。

イベント開催中、学園に認められた特別なゲストのみがそこを訪れる。

秘密裏に行われるドレイクの取引予定地、エンリケが現れるとすれば、そこしかない。

すでに向こうの手勢は押さえた。

本来ならば作戦を中止して然るべき状況だが、中途半端な撤退よりも意志を守った先の破滅を選ぶ、そんな思想家を俺は何人も知っている。

エンリケが撤退するならそれでよし。

まだ戦うというのなら、ここでケリをつける。

第三地下駐車場に続く階段を降りながら、ガバメントのサイレンサーを締めなおす。

会場内でベネリは使えない。

万が一銃声によって騒ぎが起きれば、イベントそのものが中止となる可能性がある。

風香のやりたいことに水を差すような真似だけはできない。

階段を下りきった先に第三地下駐車場の入口が見えた。

入口手前で止まり、場内の様子を窺う。

均等な感覚で柱が並ぶ場内には、車も人影もない。

もう少しすればイベントが始まり、ここは取引の現場に変わる。

それを阻止したいエンリケは、必ずここに潜伏しているはずだ。

一歩、駐車場に足を踏み入れる。

「――必ず来ると思っていたよ、久原京四郎」

声のする方へ顔を向ける。

それと同時に右手を上げたのは、直感のようなものだった。

入口の真横に隠れていた男、エンリケの握る拳銃のサイレンサーが俺を見ている。

エンリケの指はトリガーにかかっている。

エンリケの瞳は、それを引く覚悟をとっくの昔に決めている男のもの。

引き金がひかれる。避ける……無理だ、間に合わない。

だが、なにもしなければ、ここで死ぬ。


「――死んで、たまるか！」


振り上げたガバメントでエンリケを撃つにはもう遅い。

だから俺は、サイレンサーによって僅かにリーチが伸びたガバメントの先端を、これから繰り出される弾丸と自身を結ぶ射線上に運んだ。

発火炎が視界を潰すように花を咲かせる。

銃弾に耐えきれず砕けたサイレンサーの破片が頬を掠める。

硝煙の臭いが鼻につく。

銃撃の残り香、それを感じるのは、俺がまだ生きている証拠にほかならない。

生きているなら、戦える。

エンリケの腹を抱えるように飛びついて、勢いをそのままに押し倒す。

倒れる間際、俺の体の後ろでエンリケの銃が二発目の火を噴いた。しかし、エンリケが伸ばした手の先にもう俺はいない。二発目の弾丸は天井を撃ち抜いて、俺たちはアスファルトの地面を縺れるように転がった。

エンリケから手を離し、一人で転がり続けた先の柱に身を隠す。

咳き込むエンリケの声を聞きながら、腰を下ろし、胸に手を当てて息を整える。


「……勘のいい男だ。それに運もいい。……だが、片腕はもいだ。俺の勝ちだ、久原京四郎」

「そういう口上は俺の死体に言えよ。サイレンサーを壊したくらいで粋がるな」

「だから腕をもいだと言ったのだ。これでお前は、銃を撃てない」

「サイレンサーがなくても銃は撃てる。そんなことも知らないのか?」

「だが、銃声が響けば騒ぎが起こるぞ。それを避けたいから、お前は俺の仲間を誰にも気づかれないよう排除したのだろう」


まったく、痛いところをつきやがる。

砕けて長さが半分ほどになったサイレンサーを外し、エンリケのいる方へ放り投げる。

後方から発砲音、どうやらサイレンサーを手榴弾かなにかと勘違いしたようだ。

随分と緊張しているらしいと笑いたいところだが、それは同時に、むこうの油断は期待できないということでもある。

「だがエンリケ、イベントが中止になったら困るのはお前も同じはずだ」

「ああ、そんなことになれば取引自体が中止になる。だから、撃たないでくれて助かるぞ」

エンリケの目的はあくまでドレイクの奪取。

そのためには取引がここで行われなければいけない。

目的は違えど、俺たちは誰にも知られることなく、互いを排除しなくてはならないのだ。

勝つための策は、ある。

しかし、今はまだ時ではない。

あともう少し、その時まで時間を稼げ、久原京四郎。


「あー、ところでエンリケ、一昨日の晩ご飯ってなに食べた?」

「時間稼ぎ下手か!」

「そう言うなよ、ほら、男子トークしよう……ぜっ!」

話しながら脱いだパーカで柱の脇に置かれた消火器を包み、エンリケの方向へと投げつける。

乾いた音と破裂音。撃ち抜かれた消火器が粉塵をあたりにまき散らす。

エンリケの視界が塞がった。その隙に柱から飛び出して一気に距離を詰める。

白煙の中から俺が現れたことに気づいたエンリケが咄嗟に銃を構える。

その時間を埋めるための白煙だ。正確に照準を合わせるよりも、こちらが距離を埋めるほうが、わずかに早い。

右脚でエンリケの腹を蹴り上げる。アーマーに覆われたエンリケにとって、これが十分なダメージにならないのは百も承知だ。

まずは奴の体勢を崩し、その隙に奴から銃を――。

「――その程度で、俺の槍を折れると思ったか！」

蹴りはたしかに鳩尾に刺さった。肉体の稼働、呼吸のタイミング、全て申し分ない一撃。

体格差で勝る俺の蹴りは、これ以上ない当たり方だった。

現に、エンリケは体を浮かせて後方に倒れている。

しかし、片腕分だけ、わずかに足りなかった。

エンリケの右腕が前方に伸びる。

握られた拳銃が、足りなかった時間を手に入れて照準を合わせる。

来る、そうわかっていても、俺にできるのは両腕で顔を防ぐことくらいだった。

腕の隙間から見える発火炎が、激しい痛みの訪れを告げる。

脳が痛みを認識するまでの、瞬きほどの猶予。

それは痛みに耐えうる覚悟を決めるには、あまりに短い。

体のどこかに弾が当たった――。わかるのはたったそれだけ。

当たった場所を理解する判断能力さえも、その痛みは奪っていく。

痛いという事実を知るだけで精一杯。

痛覚を持つ全ての器官を今すぐナイフで削ぎ落としてしまいたくなるほどの激痛。

耐えるために食いしばるべき口が自ずと開き、痛みのほどを絶叫に変えて訴える。

倒れ、転がり、のたうつ。

体中の全ての機能が、稼働することで痛覚を紛らわせようと藻掻いている。

「……ドレイクか。そんな薄布一枚で弾を防ぐとは、やはり恐るべき性能だ」

上から誰かの声がする。

それが誰のものであるのかを理解できたのは、のたうつ体を蹴られ、靴の底で腹を踏みつけにされてからだった。

「わかるか、久原京四郎。そいつが資本主義者の手に渡れば、奴らは一〇〇万の兵を強化する。その兵を使って奴らは、一億の同胞を撃ち殺す。なんとしても、ドレイクを奴らに渡すわけにはいかないんだ」

倒れた俺の腹の上に腰を下ろし、馬乗りになったエンリケが俺の顔を殴った。

右、左、右と三回繰り出された拳（こぶし）、その衝撃にまた思考が削（そ）がれる。

「俺の肩には一億の命が乗っている！　お前のように、金のためにしか戦えない人でなしとは、覚悟の総量が違うのだ！」

両腕で顔を防ぐと、殴られた左腕に激痛がはしった。エンリケが乗る腹の右側にも同じ痛みが居座っている。撃たれたのはその二箇所か。

「お前の体に流れるのは犯罪者の血だと言われて、妹を殺され、檻（おり）に放り込まれて、腐った生肉を食う様を笑われた者の気持ちなど、お前にはわからんだろう！　たかが思想の違いで、俺たちは罪人呼ばわりだ！」

左腕があまりに痛むものだから、これなら顔を殴られた方がマシだと片腕の防御を外す。

頬を殴られ、口の内側が切れる。鉄の味が広がる。

「これが間違っていないとなぜ言える！　運良く多数派の思想に生まれたお前たちの何が正しい！　この腐った世界を救おうとする俺を！　否定できるものならしてみろ！　久原（くはら）！」

……ああもう、痛（いて）えな、ちくしょう。

詠美（えいみ）ちゃんめ、こんなにキツいとは聞いてなかったぞ。

「なんとか言ったらどうだ！　資本の犬が、吠（ほ）える口も失ったか！」

エンリケに胸ぐらを掴（つか）まれて、奴（やつ）の顔が眼前に迫る。

大義の宿る瞳とやらが、俺を見つめている。

「そんなに世界が救いたきゃ、教会でジーザスだかアーサーだかに祈っとけよ、この犯罪者」

口の中に溜まった血と唾をエンリケの頬に吐きかける。

エンリケの瞳孔が大きく開き、右の拳が振り上げられる。

「──貴様ぁ！」

その拳が振り下ろされるよりも早く、俺は転がっていた消火器の破片を握りしめ、エンリケのこめかみを殴りつけた。

不意打ちを受けたエンリケは立ち上がり、腰のホルダーに差した拳銃を引き抜こうとする。それを待たずに腹を蹴り上げ、転がったエンリケを尻目に立ち上がった。

痛む横腹を押さえながら、エンリケが手放した銃を蹴飛ばす。

痛みが足から力を奪い、銃は二メートルほど離れたところで止まった。

「……なにが世界を救うだよ。お前らのやってることは、二つのクソを並べてこっちの方がいいにおいだと騒いでるのと、なにも変わらねえ」

荒れる息を整えながら、親指で口元の血を拭う。

血は切れた口の内側だけでなく、喉の奥からもやってきた。

──内臓に傷がついたか。長くは保たねえな、こいつは。

「なあエンリケ、その正義ってのは、お前に生肉を食わせてきた奴らを倒したあとに、そいつらを娘のバースデイパーティに招いて、一緒にケーキを食えるもんなのか?」

血が流れるこめかみを手で押さえながらエンリケは立ち上がる。

目元を濡らす血を拭い、平衡感覚を失ったふらふらとした足取りで手放した銃へ向けて歩く。

「お前にはできねえよ。お前は倒した奴らを檻に入れて、同じように腐った肉を食わせて笑うんだ。大義だの覚悟だの言ったところで、内側に根を張るのは、とどのつまり暴力だろうが」

エンリケが銃を拾う。それを阻止する余裕は俺にはない。

代わりに、まともに動く方の右手でガバメントを抜いた。

「――でもな、あいつは言ったんだ。恨みっこなしってな。その覚悟が、お前にわかるか」

ままならないことも、腹の立つことも、やり返したいことも、山ほどあっただろう。

周りとは違う存在として生まれて、溶け込もうとしても、社会や周囲がそれを拒む。

「お前の正義も、社会の仕組みも、俺にはどうだっていい。俺が言いたいのは、ただ一つだ」

はじめて本気を出すと、あいつは言った。

立ち向かうと、そう言ったんだ。

「――風香の喧嘩に手出しはさせねえ。

いい歳した大人が、御託並べてガキの喧嘩に首突っ込むんじゃねえよ！」

駐車場内に設置されたスピーカーから声がする。

『大変ながらくお待たせいたしました』

名も知らない一般女生徒の声。

「ああ、待ちくたびれたよ。……終わりにするぞ、エンリケ」

覚悟のための時間なら、今度は十分にあった。

それさえあれば、耐えられる。

『ただいまより、第二八回コスフェスを、開催いたします！』

残る力を足に込めて走り出す。

エンリケが銃を構える。避ける暇はない。そのつもりもない。

「――くたばれ！　人でなしの戦争屋がぁ！」

脇腹に銃弾を受ける。止まらない。

俺は風香の弾丸だ。――こんなところで、止まれるはずもない！

二発目の弾が右脚に当たった。

しかし、もうエンリケは目の前にいる。

喉の奥から溢れ出る叫びが、ガバメントの銃口とエンリケの腹の間にあった最後の一〇センチを埋めた。

「くたばるのはてめえだ、正義の味方野郎！！！」

ガバメントの弾倉に詰め込まれた七発の弾丸を、ありったけ放つ。

サイレンサーを失った銃声が幾重にも駐車場内をこだまする。

だが、この銃声が会場まで届くことはない。

イベントの開催を告げる大音量のファンファーレが、戦いの音をかき消してくれる。

だから、今はまだ誰も気づかない。

エンリケの体が揺れる。その口から銃声にも劣らない絶叫が響く。

痛いだろうさ、防弾アーマーに体を守られても、その衝撃と痛みまでは防げない。

「この俺だってのたうつ痛み、お前の覚悟で、耐えられるもんなら耐えてみやがれ！」


全ての弾を撃ち切って、俺とエンリケの体が地面へ倒れる。

荒い自分の呼吸が頭蓋骨の中で反響している。

これで起き上がられたら、今度こそ手詰まりだ。

弾はもうない。この足では、立ち上がることさえできやしない。

しかし、あれだけの銃弾を喰らえば、エンリケとて無事では――。


「――負けるわけには、いかんのだ！　あんな思いは……二度と……！」


口から血の泡を吐きながら、溺れているような声で男は言った。

全身を震わせて、柱で体を支えながら立ち上がるその手には、たしかに拳銃が握られている。

「これで最後だ……。戦士として、遺言だけは聞いてやろう」

エンリケの銃口が俺を睨む。

せめて顔だけは防ごうと思っても、指の一本さえも動かない。

「――そういえば……ひとつ、大事なことを忘れてたよ……」

「…………」

視界が滲む。

呂律が回らない。

いよいよ、もう限界だ。

「こいつは……あんたの喧嘩でもあったんだ。第二ラウンドは譲るよ――詠美ちゃん」

「――そいつは助かるぜ、久原ちゃん」

軋むような笑い声とともに、エンリケの頭が揺れ、膝が折れた。

その後ろに現れたのは、ピンクに染め上げた傷んだ頭髪と、派手な極彩色のシャツ。

開いた口から犬歯を剝き出しにして、手には錆びた鉄パイプを握っている。

この柄の悪い女を見て、誰が世界有数の化学者であると信じるだろうか。

「ようやく会えたな。どうにもウチの落ちこぼれがえらく世話になっちまったようで。お礼に『詠美さんのお靴を私のベロで綺麗にさせてくださいませ』と言いたくなるまでもてなしてやるから、楽しみにしとけよ」

白目を向いて倒れるエンリケの髪を摑み、底意地の悪い笑顔をたっぷりと塗りつけた表情で詠美ちゃんは言った。

「……あんたのフルスイングでとっくにのされてるよ。ドジャースの四番も裸足で逃げ出す見事なバッティングだった」

「なんだつまらねえ。久原ちゃん顔負けのアクションシーンを見せてやろうと思ったのに」

「それより……もう指一本うごかねえ、後生(ごしょう)だから医者を呼んでくれ」

「医療班がもうすぐ来る。そして、そいつらよりよっぽど頼りになる医者がここにいるぜ？」

「安楽死はいやだ……ブラック・ジャックかファスナー神父がいい……」

「誰がドクター・キリコだ。お前、妙なところで日本の文化に詳しいな……安心しろよ、医師免許ならアメリカ留学中にきっちり取ってる」

　アスファルトに胡座(あぐら)をかいて、詠美ちゃんは俺のジャケットのボタンを外し始めた。

「最悪だ……はじめて女子に服を脱がされるのがこんなシチュエーションだなんて」

「お前、実は意外と元気なんじゃねえのか……？」

　詠美ちゃんが患部を見ている間、俺は痛む体から気を紛らわすため、スピーカーから聞こえてくるテンポのいいＢＧＭに耳を傾けていた。


　客席でのんびり見るのは、少し難しそうだ。

　だから、あとで必ず聞かせてくれよ。

　お前の生まれてはじめての、喧嘩の話を。

＊＊＊

「本当にそのまま出るの？」

「うん、これが一番いい。……あ、これだけ捨てといてください」


そう言って、剝がしたガーゼをメイクさんに渡す。

メイクの……たしか佐々木さんは、困った顔をしながら、それを受け取ってくれた。

「《息吹》チームの有馬さん、スタンバイをお願いします！」

「はーい。……じゃ、いってきます」

控え室まで呼びに来たスタッフの人と一緒に、舞台袖まで歩いていく。

私のひとつ前の出番が終わって、アナウンサーさんが私の名前を読み上げる。

メイクはしてない。

髪も、きょうちゃんとここに来たときと同じ、ぼさぼさのまま。

だけど、それが今の私で、ただの私。

「なによ、その格好。私たちのこと、バカにして……！」

戻ってきた前の出番の人が、私を見ながら言った。

違うよ。
これが、今は一番いいんだよ。
大きく背伸びをして、ステージに上がる心の準備をする。

おーい、制服。
息、するよ。私も、今から。

目を閉じて、ステージに一歩を踏み出す。
そうすると、聞こえてくる。
音楽と、その奥にたくさんの、息をする音。
みんなが息を吸って、息が、声に変わる。
歓声とか、そういうのに、変わっていく。

そういえば、声の中にも、あるんだってさ、酸素。
だから私は今日、それを食べて、息をします。
みんなを食べて、大きくなります。

ゆっくりゆっくり、ステージの一番先に歩いていく。
てくてく、ぱくぱく、歩いていく。
ひとつずつ、声がなくなる。
みんなが、息を呑む。
その息も、全部食べる。

ステージの先っちょで、胸に手を当てて、周りを見渡す。
みんながびっくりした顔で、私を見上げている。
先に謝っておきます、色んな人たち。
でも今日だけは、なにがあっても、恨みっこなしだから。

大きく息を吸う。
胸がいっぱいにふくらむまで、酸素を吸う。

「ぎゃおーん」

——心をこめて、いただきます。

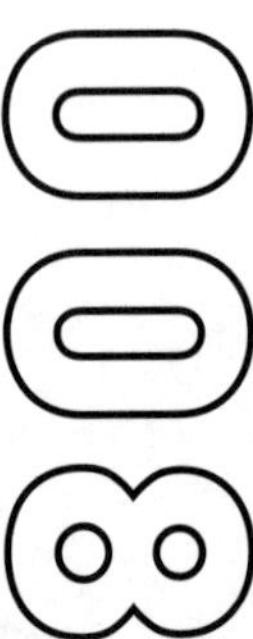

SCHOOL=PARABELLUM

「――まんまとしてやられたぜ。こりゃあ、申し分なくアタシらの完敗だ」

学外のホテル一階にある洒落(しゃれ)た喫茶店のテラス席で、届いたばかりのアップルティーを飲みながら詠美(えいみ)ちゃんは言った。

コスフェスから二週間が経ち、無事に包帯も取れて入院先の病院を追い出された俺は、詠美ちゃんからその後の報告を受けに来ていた。

ちなみに学園から借りていた家は敷金償却火炎弾により、見事に再起不能となりました。病院を追い出され、これからしばらくは住所不定のホテル暮らしです。

「結果はさっき言ったとおりだ。コスフェスのグランプリは、満場一致で《息吹》に決まった」

その結果を聞いて、俺は満足とともに小さく息を吐いた。

——風香は喧嘩に勝ったのだ。

あらかじめ決まっていたはずの結果を塗り替えて、王座についた。

理由は単純——その姿が、あまりにも美しく圧倒的だったから。

運営、審査員、スタッフ、来場者——誰もが認めざるを得なかったほど、その場にいた全ての人を風香は魅了したのだ。

《息吹》を差し置いて他のチームに優勝を渡せば、それこそ出来レースがバレてしまう。

出来レースなどなかったのだと世間に認めさせなくてはいけない運営側は、急遽予定を変更することとなった。

「はは、そりゃあさぞかし大賑わいなんだろうな」

「笑いごとじゃねえよ。こっちは大損どころじゃねえ。すでに生産が始まっていた《ダイアリー》のラインは全てストップ。出資企業のお偉方はおかんむりで、極めつきは、長らく続いてきたコスフェスも今回を以て終了とせざるを得なくなっちまった」

「悪しき利権の温床が消えた、めでたいことじゃないか」

コスフェスの終幕。

それは今回の一件で風香が起こした数々の騒動のうち、最も愉快な出来事の一つだった。

終幕の理由は二つ。一つ目は、完全には消えない出来レースの噂を清算するため。

もう一つの理由。これを聞いた時、俺は笑いが止まらなかった。

——風香が五才星学園に在籍する限り、有馬風香の所属するチームが優勝してしまうから。

それが、コスフェスを破綻させた最たる理由だそうだ。

風香が抱えてきた怒りは、イベントそのものを言葉通りにぶっ壊した。

誰も想像さえできかったこのなんとも愉快な結末を、どうして笑わずにいられようか。

「それで、あんたらとの約束は果たされるってことでいいんだよな?」

「……まったく、ドレイクなんかより先にタイムマシンを作っておくんだったぜ。今からでも過去に戻って、恨みっこなしなんて馬鹿な約束を取り下げてえよ」

今回の件で、学園上層部は大きなダメージを被った。

信用の喪失、利権の放棄、膨大な事後処理と、文句は山のようにあるだろう。

でも、それらを口に出すことは許されない。

なぜならこの喧嘩は、どっちが勝っても恨みっこなし、なのだから。

風香はあの時から今回の結末を予想していたのだろうか。

……いや、きっとそうではない。

たとえ自分が負けたとしても、恨みっこなし。

そういう覚悟で、あの話し合いの場に臨んだのだろう。


「ちなみに、今から約束を反故(ほご)にするなんて言ったらどうなるかはわかってるよな？」

「言わねえよ、筋は通すさ」

「助かる、俺はあんたのことが結構好きだからな。全面戦争は避けたいところだ」

「……まったく、厄介な女は、その恋人まで厄介ってわけだ」

「やめろよ、照れるじゃないか……って、ん？」

あれ、今、詠美(えいみ)ちゃんが変なこと言わなかった？

なに？　こい……？

「詠美ちゃん、一つ確認しておきたいことがある」

「なんだ？」

「俺と風香、別に付き合ってないぞ」

「……はあああああ!?」

口を大きく開けて、テーブルに身を乗り出す詠美ちゃん。

これ以上ないほどに全身で驚きを表現していらっしゃる。

突然の大声に振り向いた通行人の視線が痛い。

「あの距離感で、付き合ってない……だと……？」

「あれ？　言ってなかったか？　俺と風香は、なにを隠そうベストフレンドだ」

「イベント前夜はお前の家に泊まったんだろ……？」

「風香は客間で、俺はリビングのソファで寝ました。俺たちは健全な関係です」

「……自信がないのか？」

「下半身を見るな。控え目な子だから今はまだ表舞台に出てないだけで、時が来たら大空に翼を拡げる器を持ってるっつうの」

「童貞を拗らせてたってわけか……」

「違いますー、今はまだちょっと勇気とタイミングが嚙み合わないだけですー」

もしかして、詠美ちゃんは恋人を引き入れれば俺が動くと見込んで風香を《息吹》に入れたのだろうか。……そういえば、ブチギレてた時に『テメエの女』とか言ってた気がするな。

要するに風香は、はじめから最後まで誰の想像の範疇にも収まらなかったというわけだ。

「もうやだ……お前ら、怖い超えてキモいわ」

「ぴえん超えてぱおんみたいに言うな、失敬なやつめ」

「関わったアタシが間違いだった。ほら、ここの支払いはしておくから、アタシの前からさっさと消え失せろ。このままだとお前らを夢に見ちまいそうだ」

しっし、と詠美ちゃんは手で払うような仕草をした。

心底鬱陶しそうな顔を見ているともう少し長居をしてもよいかと思ったが、俺にも次の予定があったため、言われたとおりに席を立つことにする。

「……そういえば、梶野幸音に出資の打診が来たそうだぞ。三年に亘ってカルチュアの有能な曲者どもをまとめ上げた実績を見込まれて、今後はデザイナーからプロデューサーに転向するらしい」

「そうか、それはよかった」

「とはいえ、今からだと成果物が間に合わないから卒業は難しい。梶野ちゃんは来年三月を以て本校を除籍となる。よかったというには、少しばかり足りてねえ」

「どんな形であれ、努力が認められたんだ。めでたいことさ」

報われないと思っていた努力が報われる。

その経験はきっと、これから先を待つ苦しい日々を進む糧となる。

どんな焼け野が原であれ、進んでいれば、景色は変わる。

たかだか二〇年も生きていない俺たちの想像なんてたかが知れているのだ。

ならば、想像もつかない未来に期待をしてなにが悪い。

詠美（えいみ）ちゃんと別れて、俺は次の目的地へと向かう。

場所は白上（しらかみ）が手配したフリースペース。

行われるのは、俺の快気祝いと、風香（ふうか）の祝勝会。

久しぶりのご馳走（ちそう）といくつかのレクリエーションに思いを馳（は）せながら、駅の改札を潜（くぐ）る。

正直に言って、俺はみんなに会うのが楽しみで仕方がなかった。


――きっとそこには、俺の想像を軽々と超えるであろう愉快な時間が待っているのだ。

あとがき

心理学において《他者に見せる自分》を指す言葉としてペルソナ（persona）というものがあります。

このペルソナという言葉はそもそも『仮面』という意味を持つラテン語で、そうして見ると、まるで人は《他者に見せる自分》の着脱・選択をする権利を持っているようにも思えますが、実際には「なるほど、この人はこういう性格の人なのだな」と否応（いやおう）なしに判断されることの方が多いようにも感じます。

しかも、この《他者から見た自分》というのはことのほか厄介で、服のように気軽に着替えることができればよいのですが、一度イメージが定着したあとは、どれだけイメージチェンジを試みても「まあでも、この人はこういう性格の人だからな」と勝手に結論づけられてしまい、もはや脱ぐことも重ね着することも容易にはできません。

さらに《他者から見た自分》のイメージは当然ながら《他者》によって一人ひとり違うわけで、例えば水田陽（みずたあきら）を知る人たちがイメージする水田陽の像を並べてみれば、それはさながらファッションショーのようにも見えるのかもしれません。

ということで、本作『スクール＝パラベラム』第2巻は《他者から見た自分》とファッションショーのお話でした。お楽しみいただければ幸いです。

ここからは謝辞に移ります。

担当編集の清瀬(きよせ)さん、イラストレーターの黒井(くろい)ススムさん、そのほか刊行に際してご尽力いただいた全ての方々、そして何より読者の皆さまに、心から厚く御礼申し上げます。

本シリーズ『スクール＝パラベラム』は何事もなければ次巻をもって完結となる予定です。末尾の一文字まで全力で走り抜けますので、何卒お付き合いいただければと思います。

最後に改めて感謝の言葉を述べて、あとがきの締めといたします。『スクール＝パラベラム』第2巻を手に取っていただき、誠にありがとうございました。

それではまた、ご縁がありましたら。

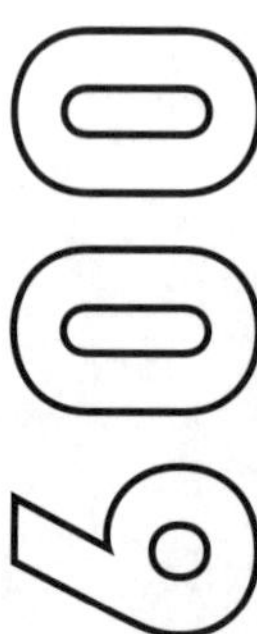

SCHOOL=PARABELLUM

　友人たちの元へ向かう京四郎の背中が通行人の群れに紛れて見えなくなったのを確認してから、詠美は息を吐いた。ゴムの球を食道から持ち上げるような重く不快な溜息の余韻を、すでに冷めきった甘ったるいアップルティーで流し込む。

「せいぜい楽しめよ、久原ちゃん。そうしていられるのも今日が最後だ」

　スマートフォンの画面には、ここへ来る前に届いたメッセージが表示されている。

　本来ならばすぐにでも京四郎に伝えるべきだったのであろうその内容を隠したのは、ドレイクの取引を成功に導いた彼へのわずかばかりの感謝と、世間にはさほど知られていない詠美の身内に甘い性分によるものだった。

「だけどな、お前もアタシも、わかってたはずだぜ。

――恨みっこなしだなんて、そんな甘い話は世界の端っこまで探してもありゃしねえのさ」

スマートフォンを握る親指で、詠美は問題の文面をゆっくりとなぞった。

《鮫島詠美に権力掌握を目的とした武力行使の疑いがあることをキングダムが発表》

《防弾繊維・ドレイクの開発を通じた軍事産業との連携強化》

《海外ＰＭＣ社員・久原京四郎を経歴隠蔽の上、アカデミア生として迎え入れる》

数スクロールにわたって記述されているのは、恣意的な方向性をもたせた、しかし紛れもない事実の羅列。これらは数日後にキングダムの報道部から発表される記事の内容であり、文の最後には《事実と異なる記述があるのならご指摘ください》と添えられていた。

コスフェスは詠美や風香、多くの者にとって概ね納得のいくかたちで幕を下ろした。

しかし、その輪に入らなかった者も当然いる。

とりわけ、学園の政治を司るキングダムの上層部にしてみれば、利権を失うばかりか自ら流布した八百長の疑いも晴らせず、学生の反感を煽っただけの結果となってしまった。

その彼らが、腐りきった学園でもとりわけ底意地の悪いあの連中が、恨みっこなしなどという可愛らしい約束ひとつで手を引くなどありえないと、詠美は知っている。

キングダムは風香に手を出さない。

契約が残っているし、なによりたかが一学生を貶めたところで旨みがない。

どうせ蹴落とすのなら、近頃大きな利益を手にして自分たちの立場を脅かしかねない者が相応しいし、ついでに首輪を着け損ねた番犬の駆除もできるのなら申し分ない。

「政治家の役目とは国民を主導することではなく、国家を運営することである——それをこうまでわかりやすく実践されると、いっそ惚れ惚れするな」

とはいえ、詠美もこの結果はわかっていたことだ。

キングダムの反感を顧みず、彼らに固有の軍事力を持たせないため京四郎を自陣に引き入れた時から、この未来は予想していた。必要な備えも、十分してきたと胸を張って言える。

しかし、たかだか半年程度だ。

久原京四郎が私立五才星学園にやってきて、たかだか半年。

それは万能の天才傭兵として育てられた少年が、愚かなまま自由に生きることの許される青春という時代を取り戻すにはあまりにも短い時間だと、詠美は思わずにいられなかった。

了

SCHOOL=PARABELLUM

夢を抱き、現実に敗れた
どこにでもいるありふれた少女

・KAJINO YUKINE

梶野 幸音

芸術家

所属：カルチュア

Vita brevis, ars longa

学年：3年生

身長：152cm
体重：40kg

趣味　おしゃべり
特技　徹夜

自らの才能を信じて五才星学園の門を叩き、それなりの成績を収め、最高学年までは進級することができたものの、『何者か』にはなれなかった、どこにでもいる少女。

人当たりがよく、気がまわり、誰に対しても温和な態度を崩さない彼女の姿勢は、裏を返せばワガママでいることが許されない環境に適応したからこそでもある。

特別な才能に恵まれたわけでもなく、成り上がるための計算高さもない。

しかし、俺は知っている。普通で、平凡な者にのみ与えられる特権というものもある。

そう──こういう女子が、実は1番えっちに見えるのだ。

SCHOOL=PARABELLUM

およそ300人の若き天才学者たちが集う《学問の塔》アカデミアの頂点に君臨する天才化学者。派手な服装と遊びを好み、品がなく直情的で、大衆が抱く学者の像を反転させたような女。
……とは言うものの、よく見てほしい。この女、シャツをへその上で結んでいる。オシャレに気を使っている。たぶん、鏡の前で「こっちの方がイケてるかな」とか色々な着こなしを試しているのである。髪を染めたりアクセサリーをいっぱいつけたり、悪ぶりたい年頃なのよ。17歳だから。わかるわかる、ホントはいい子なんだもんね。

有馬風香(息吹着用)

【所属生徒】

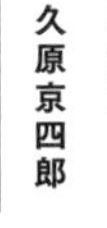

NAME
鮫島詠美

＜学部名＞

アカデミア

＜専攻＞

あらゆる学問の修学、研究、開発

＜主な特色＞

主知主義・権威主義・成果主義

＜スローガン＞

**sapientia virtus est,
id summum bonum est.**

——叡知は徳である それは最高の善である

＜進級要件＞

いずれかの学会でそれぞれ行われる定期試験あるいは研究発表会において優秀と認められる成績を収めること

学と名のつくあらゆるものを対象として研究・修学することを目的とした学部。学生は専攻の枠組みに縛られることなく自由に授業を受けることが許され、学外へ出て一年ほど帰ってこない者もいる。学内では明確な派閥が形成され、それらに権威的な上下関係が存在する。アカデミアにおいて、成績や立ち位置は発言力や影響力に直結する。

【所属生徒】

NAME
雪代宮古

NAME
三島祥吾

＜学部名＞

ストレングス

＜専攻＞

競争および肉体的鍛練の要素を含む身体運動全般

＜主な特色＞

年齢主義・全体主義・努力主義

＜スローガン＞

mens sana in corpore sano.

——健全な精神は　健全な肉体に

＜進級要件＞

定期身体能力検査において各競技に求められる十分な能力を発揮すること、あるいは所属団体が期間内に優秀と認められうる実績を残していること

あらゆるスポーツで最良のパフォーマンスを発揮することを目指す学部。プレイヤーだけでなくコーチやトレーナーなども存在し、個人競技であってもチームで行動することが美徳とされる。因習的な年功序列の思想が浸透しており、能力が高くとも和を乱す人間は疎まれる傾向にある。ストレングスにおいて、集団に属さない人間は存在し得ない。

【所属生徒】

NAME 有馬風香

NAME 霧島紗衣

NAME 梶野幸音

<学部名>

カルチュア

<スローガン>

Vita brevis, ars longa.

――人生は短く　芸術は長い

<専攻>

有形無形を問わない芸能・芸術活動

<進級要件>

期間内に各分野の発展に十分な寄与をしたと認められる活動成果を報告すること

<主な特色>

唯美主義・個人主義・実力主義

古今東西の文化的活動を行い、その価値を高めていくことを目的とした学部。質の高いものを生み出すことを尊び、一切の妥協を許さないストイックさを持つ。過程よりも結果として出来上がるものにこそ価値があると考え、他者との調和よりも自身の成果を一心に追い求める。カルチュアにおいて、学生とは表現を生み出すための筆であり絵の具である。

【所属生徒】

＜学部名＞

キングダム

＜専攻＞

五才星学園および五才星市の運営に関する政治的活動

＜主な特色＞

徳治主義・民主主義・平和主義

＜スローガン＞

Non ducor, duco.

――我は導かれず　我こそが導く

＜進級要件＞

学内および五才星市の有権者を対象に行われる選挙にて十分な指示を集め当選すること

学園や五才星市の運営に関わりながら、人を動かすことを学んでいく学部。自らが何かをするよりも、多くの人員や資源をより効率的に運用することが尊ばれる。各学生の活動は一般に公開され、常に公人としての在り方を求められる。キングダムにおいて、学園をより良い方向へと導くことは単なる活動ではなく、学生の代表たる自覚と意志が生んだ崇高な使命である。

【所属生徒】

NAME 白上寧々子

<学部名>

トレーダー

<スローガン>

Accipe quam primum:
brevis est occasio lucri.

――出来る限り早く受け取れ
利益の機会は短い

<専攻>

経済の循環に貢献しうる商業活動

<進級要件>

期間内に一定の金額を納めること

<主な特色>

拝金主義・市場主義・資本主義

何をやるかではなく、いかに稼ぐか、ただそれのみに重きを置いた学部。他学部の活動に価値を見出し、自らは何も生み出すことなく最大の利益を手に入れる。SP獲得量が学部のヒエラルキーに影響する五才星学園で、学部単位でのSP貸付を行うトレーダーは万年最下位となっている。トレーダーにおいて、学生は経済を回すための大切な資源である。

GAGAGAGAGAGAGAGAGAGAGA

闇堕ち勇者の背信配信

~追放され、隠しボス部屋に放り込まれた結果、ボスと探索者狩り配信を始める~

著／広路（こうじ）なゆる

イラスト／白狼（ぱいらん）

定価 836 円（税込）

パーティーを追放され、隠しボス相手に死を覚悟する勇者クガ。

だが配信に興味津々の吸血鬼アリシアに巻き込まれて探索者狩り配信に協力することに!?

不本意ながら人間狩ってラスボスを目指す最強配信英雄譚！

GAGAGAGAGAGAGAGAGAGAG

ガガガ文庫4月刊

シスターと触手

邪眼の聖女と不適切な魔女

著／川岸殴魚（かわぎしおうぎょ）

イラスト／七原冬雪（ななはらふゆき）

定価 858 円（税込）

あやしく微笑むシスター・ソフィアのキスで覚醒する少年シオンの
最強の能力、それは『触手召喚』だった！　そんなの絶対、嫌だ！
己の欲望を解放し、正教会の支配から世界をも解放するインモラル英雄ファンタジー！

ガガガ文庫4月刊

シスターと触手 邪眼の聖女と不適切な魔女

著／川岸殴魚（かわぎしおうぎょ）

イラスト／七原冬雪（ななはらふゆき）

あやしく微笑むシスター・ソフィアのキスで覚醒する少年シオンの最強の能力、それは『触手召喚』だった！　そんなの絶対、嫌だ！　己の欲望を解放し、正教会の支配から世界をも解放するインモラル英雄ファンタジー！

ISBN978-4-09-453188-6（ガか5-35）　定価858円（税込）

スクール=パラベラム2 最強の傭兵クハラは如何にして学園一の美少女を怪獣に仕立てあげたか

著／水田 陽（みずた あきら）

イラスト／黒井ススム（くろい）

おいおい。いくら俺が〈普通の学生〉を謳歌する〈万能の傭兵〉とはいえ、本気の有馬風香――あの激ヤバモンスターには勝てないぞ？　テロと陰謀の銃弾が飛び交う学園の一大イベントを、可愛すぎる大怪獣がなぎ倒す！

ISBN978-4-09-453187-9（ガみ14-5）　定価836円（税込）

帝国第11前線基地魔導図書館、ただいま開館中2 王国研修出向

著／佐伯庸介（さえきようすけ）

イラスト／きんし

「出向ですわ♡」「嫌すぎますわ♡」皇女の指令により「王国」の図書館指導と魔導司書研修に赴いたカリアは、陰謀に巻き込まれ――出向先でも大暴れの魔導書ファンタジー！

ISBN978-4-09-453181-7（ガさ14-2）　定価836円（税込）

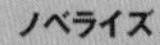

ノベライズ

マジで付き合う15分前 小説版

著／栗ノ原草介（くりのはらそうすけ）

イラスト／Perico（ペリコ）・吉田ばな（よしだ）　原作／Perico（ペリコ）

十数年来の幼なじみが、付き合いはじめたら――。祐希と夏葉、二人のやりとりがあまりに尊いと話題沸騰！　SNS発、エモきゅんラブコミックまさかの小説化！

ISBN978-4-09-453174-9（ガく2-10）　定価792円（税込）

ガガガブックスf

お針子令嬢と氷の伯爵の白い結婚

著／岩上 翠（いわかみ すい）

イラスト／サザメ漬け

無能なお針子令嬢サラと、冷徹と噂の伯爵アレクシスが交わした白い結婚。偽りの関係は、二人に幸せと平穏をもたらし、本物の愛へと変わる。さらに、サラの刺繍に秘められた力が周囲の人々の運命すら変えていき――。

ISBN978-4-09-461171-7　定価1,320円（税込）

GAGAGA

ガガガ文庫

スクール=パラベラム2

最強の傭兵クハラは如何にして学園一の美少女を怪獣に仕立てあげたか

水田 陽

発行　2024年4月23日　初版第1刷発行

発行人　鳥光 裕

編集人　星野博規

編集　清瀬貴央

発行所　株式会社小学館
〒101-8001 東京都千代田区一ツ橋2-3-1
[編集]03-3230-9343　[販売]03-5281-3556

カバー印刷　株式会社美松堂

印刷・製本　図書印刷株式会社

Printed in Japan　ISBN978-4-09-453187-9

第19回小学館ライトノベル大賞 応募要項!!!!!!!!!!!!!!!!!!!!!!!!!!!!!

ゲスト審査員は田口智久氏!!!!!!!!!!!!!

（アニメーション監督、脚本家。映画『夏へのトンネル、さよならの出口』監督）

大賞：200万円＆デビュー確約

ガガガ賞：100万円＆デビュー確約

優秀賞：50万円＆デビュー確約

審査員特別賞：50万円＆デビュー確約

スーパーヒーローコミックス原作賞：30万円＆コミック化確約
（てれびくん編集部主催）

第一次審査通過者全員に、評価シート＆寸評をお送りします

内容 ビジュアルが付くことを意識した、エンターテインメント小説であること。ファンタジー、ミステリー、恋愛、ＳＦなどジャンルは不問。商業的に未発表作品であること。
（同人誌や営利目的でない個人のWEB上での作品掲載は可。その場合は同人誌名またはサイト名を明記のこと）

選考 ガガガ文庫編集部＋ゲスト審査員 田口智久
（スーパーヒーローコミックス原作賞はてれびくん編集部による選考）

資格 プロ・アマ・年齢不問

原稿枚数 ワープロ原稿の規定書式【１枚に42字×34行、縦書き】で、70～150枚。

締め切り 2024年9月末日 ※日付変更までにアップロード完了。

発表 2025年3月刊『ガ報』、及びガガガ文庫公式WEBサイト GAGAGA WIREにて

応募方法 ガガガ文庫公式WEBサイト GAGAGA WIREの小学館ライトノベル大賞ページから専用の作品投稿フォームにアクセス、必要情報を入力の上、ご応募ください。

※データ形式は、テキスト(txt)、ワード(doc、docx)のみとなります。
※同一回の応募において、改稿版を含め同じ作品は一度しか投稿できません。よく推敲の上、アップロードください。
※締切り直前はサーバーが混み合う可能性があります。余裕をもった投稿をお願いします。

注意 ○応募作品は返却致しません。○選考に関するお問い合わせには応じられません。○二重投稿作品はいっさい受け付けません。○受賞作品の出版権及び映像化、コミック化、ゲーム化などの二次使用権はすべて小学館に帰属します。別途、規定の印税をお支払いいたします。○応募された方の個人情報は、本大賞以外の目的に利用することはありません。